AF217533

Oliver Buslau

Morgen, Diebe, wird's was geben
24 neue musikalische Rätselkrimis
Ein Adventskalender

Bibliografische Information der Deutschen Nationalbibliothek
Die Deutsche Nationalbibliothek verzeichnet diese
Publikation in der Deutschen Nationalbibliografie;
detaillierte bibliografische Daten sind im Internet unter
http://dnb.d-nb.de abrufbar.

Illustrationen:
Seite 4: © KsanaGraphica/Shutterstock
Dr. Stradivari: Ulrike Vetter, Leipzig, unter Verwendung von © Siri Anam-
wong/Shutterstock (Detektiv) und © ultramansk/Shutterstock (Geigen-
kasten)
Violinen (S.74–79): © Salome/Fotolia

Besuchen Sie uns im Internet:
www.st-benno.de

Gern informieren wir Sie unverbindlich und aktuell
auch in unserem Newsletter zum Verlagsprogramm,
zu Neuerscheinungen und Aktionen.
Einfach anmelden unter www.vivat.de.

ISBN 978-3-7462-6153-9

© St. Benno Verlag GmbH, Leipzig
Umschlaggestaltung: Ulrike Vetter, Leipzig
Umschlagabbildung: © Inspiring/Shutterstock (Dieb), © Sylverarts
Vectors/Shutterstock (Violine)
Gesamtherstellung: Kontext, Dresden (A)

Oliver Buslau

Morgen, Diebe, wird's was geben

24 neue musikalische Rätselkrimis

Ein Adventskalender

Kennen Sie Doktor Stradivari?

Liebe Leserin, lieber Leser – ich gebe gerne zu, dass es auch mich verwundert, dass ich mich ausgerechnet im Advent mit so vielen Kriminalfällen befassen muss, in denen Musik eine Rolle spielt. Und zwar klassische Musik, also die Werke von Bach, Mozart, Beethoven, Brahms und vielen anderen ihrer Kollegen.

Es kann natürlich daran liegen, dass man die festliche Stimmung im Dezember besonders gerne mit diesen Klängen unterstreicht, dass es viele Konzerte gibt – aber diese Erklärung reicht mir eigentlich nicht. Ich werde weiter darüber nachdenken – und Ihnen bei Bedarf vielleicht einen besseren Grund angeben können.

Bis dahin freue ich mich, dass mir der Himmel für diese Fälle eine besondere Persönlichkeit geschickt hat: Doktor Stradivari. Sollten Sie ihn noch nicht kennen, dann wird es Sie überraschen, dass dieser Mann Kriminalfälle mithilfe seines Wissens über klassische Musik lösen kann. Das klingt unglaublich, Sie werden es aber anhand der 24 Fälle in diesem Band selbst miterleben. Dabei wird es Ihnen wie mir bei der Zusammenarbeit mit dem Doktor ergehen: Sie werden eine Menge über die Musik lernen.

Falls Sie nicht auf die Lösungen kommen sollten, macht das gar nichts: Im hinteren Teil des Buches bekommen Sie alle Erklärungen geboten. Und vielleicht freut Sie diese besondere Form der Entdeckungsreise in die Klassikwelt ebenso wie mich.

Herzlichst – Ihr Hauptkommissar *Reuter*

Zwei Saiten – ein Indiz

Doktor Stradivari saß im Sessel seines Wohnzimmers. Absichtslos hatte er die Broschüre der städtischen Konzerte in die Hand genommen, die sonst auf dem Beistelltischchen lag. Jetzt, im Dezember, waren viele der Termine natürlich weihnachtlich ausgerichtet – mit Bachs Weihnachtsoratorium, der „Weihnachtshistorie" von Heinrich Schütz oder anderen Werken zum Fest. Den Abend hatte der Doktor damit verbracht, neue CDs zu hören. Und jetzt – es war bereits fast zweiundzwanzig Uhr – sah er, dass er ein interessantes Konzert verpasst hatte.

Eine junge italienische Geigerin namens Giulia Rossi war in einer Kirche aufgetreten. Auf dem Programm hatten Werke für Violine und Cembalo gestanden – unter anderem aus den Federn von Johann Sebastian Bach, aber auch von Heinrich Ignaz Franz von Biber, dem Komponisten der berühmten „Mysterien-Sonaten", in denen er musikalisch Kapitel aus dem Leben von Jesus Christus beschrieb. Giulia Rossi hatte ihr Programm mit der Sonate namens „Die Geburt Christi" beschlossen. Das war für ein Konzert am 1. Dezember vielleicht ein wenig verfrüht, aber es gab doch einen schönen Bezug zur Weihnachtszeit.

Stradivari ärgerte sich, dass er Giulia Rossis Auftritt nicht besucht hatte. Er legte die Broschüre weg, und da klingelte das Telefon.

Der Anrufer war Hauptkommissar Reuter vom städtischen Polizeipräsidium. Er konsultierte den Doktor immer, wenn bei einer Ermittlung musikalisches Fachwissen gefragt war. Das kam häufiger vor, als so mancher dachte.

„Wir haben einen Fall", sagte der Beamte. „Einer berühmten italienischen Geigerin wurde eine Violine gestohlen. Direkt nach ihrem Auftritt."

„Doch nicht etwa Giulia Rossi?", fragte Stradivari.

„Leider doch", sagte Reuter. „Waren Sie in ihrem Konzert?"

„Leider nicht. Was genau ist passiert?"

„Frau Rossi ist in der Christuskirche aufgetreten. Zusammen mit dem Cembalisten Robert Kirchner. Sie hat noch Autogramme gegeben, und dann war auf einmal ihre Violine weg. Zum Glück hat man direkt die Kollegen benachrichtigt. Wir haben Zeugen befragt und Aufnahmen von Überwachungskameras überprüft. So konnten wir jemanden ausfindig machen, der als Täter infrage kommt."

„Und wie kann ich Ihnen dabei helfen?", wollte Stradivari wissen.

„Das erkläre ich Ihnen, wenn Sie runterkommen und wir dorthin fahren, wo wir die Geige vermuten. Ich sitze in meinem Dienstwagen, der vor Ihrem Haus steht."

Der Doktor zog sich seinen Mantel an und ging nach unten. Kaum war er in den Wagen gestiegen, fuhr Reuter los und gab dem Musikexperten weitere Informationen. Der Diebstahl der Geige war gerade mal anderthalb Stunden her. Die Polizisten waren anhand der Indizien zu der Erkenntnis gelangt, dass ein stadtbekannter Einbrecher als Dieb infrage kam. „Er hat sich auf wertvolle alte Gegenstände spezialisiert", erklärte Reuter. „Dass er es auf Musikinstrumente abgesehen hat, ist neu, aber alles hat ja bekanntlich einen Anfang."

„Und wie wollen Sie ihn überführen?", fragte Stradivari.

„Das weiß ich ehrlich gesagt noch nicht. Einige Kollegen

sind schon vorgefahren und halten ihn fest. Vielleicht finden wir ja bei ihm ein Indiz, das uns weiterbringt."

Nach knapp zehn Minuten Fahrt erreichten sie einen heruntergekommenen Hinterhof am Stadtrand. Dort stand ein Streifenwagen. Das stumme Blaulicht flackerte gespenstisch an den Hauswänden. Zwei Beamte hatten einen Mann mit Handschellen gefesselt.

„Ich habe damit nichts zu tun", beteuerte er immer wieder. „Was wollen Sie überhaupt von mir?"

Einer der Uniformierten wandte sich an Reuter. „Als wir kamen, haben wir ihn mit einer Geige überrascht. Sie liegt in dem kleinen Raum dort drüben. Der Kasten war nicht dabei. Den hat er wohl verschwinden lassen."

„Die Violine gehört mir", sagte der Mann. „Heute Nachmittag hat meine Nichte noch Weihnachtslieder darauf geübt."

„Es wäre ein leichtes, Frau Rossi herzubitten", sagte Reuter. „Sie wird ihre Geige sicher sofort erkennen."

Stradivari nickte. „Das können Sie machen. Aber ich denke, ich bekomme auch so heraus, ob es Giulia Rossis Geige ist. Oder ob zuletzt die Nichte dieses Herrn darauf Weihnachtslieder gespielt hat. Ehrlich gesagt brauche ich das Instrument dafür noch nicht mal anzusehen. Es reicht, wenn ich die beiden hohen Saiten anzupfe."

Sie gingen hinein. Die Violine lag auf einem Tisch.

Stradivari tat, was er angekündigt hatte. Die beiden Töne klangen entfernt wie ein Kuckucksruf.

„Damit ist sie Sache klar", sagte der Doktor.

Was hat Doktor Stradivari herausgefunden?

Mörderische Variationen

Als Doktor Stradivari an diesem Tag mittags das Polizeipräsidium betrat, war gerade ein neuer Fall hereingekommen.

„Eigentlich hatte ich Sie nur fragen wollen, ob wir zusammen zu Mittag essen", sagte der Doktor.

„Und nun kommen Sie genau richtig, um mir zu helfen", gab Reuter zurück, der in einer Akte blätterte. „Diesmal geht es nicht um einen vergleichsweise harmlosen Diebstahl. Es geht um Mord. Das Opfer ist eine Pianistin."

„Jemand Bekanntes?", fragte Stradivari.

Reuter schüttelte den Kopf. „Eine Studentin. Sie hatte Aussicht auf einen guten Plattenvertrag ... Der Chef eines Labels hat junge Musikerinnen und Musiker eingeladen, damit sie sich einen Wettstreit liefern."

„Und der oder die Beste sollte den Vertrag bekommen?", fragte Stradivari. „Dann haben Sie ja gleich mehrere Verdächtige."

„Ich bin schon den ganzen Vormittag dabei, mir Klarheit darüber zu verschaffen. Aber alle haben irgendwelche Alibis. Außerdem habe ich auch noch das Gefühl, dass sich die verbliebenen Kandidaten wie auch der Chef der Plattenfirma gegenseitig decken. Sie wollen unbedingt verhindern, dass jemand von ihnen verdächtig ist. Damit das Projekt nicht platzt."

„Dann ist es ja gut, dass ich gekommen bin", sagte der Doktor. „Erklären Sie mir, worum es genau geht. Um was für ein Projekt geht es denn?"

Reuter begann, alles für den Doktor zusammenzufassen. Der Chef des Schallplattenlabels hatte eine besondere Idee: Er wollte eine Reihe mit Aufnahmen berühmter Variationswerke für Klavier machen. Jede Komposition sollte von einem anderen Interpreten oder einer anderen Interpretin des Nachwuchses übernommen werden. Dafür hatte er Probeaufnahmen machen lassen. Die Besten sollten einen begehrten Vertrag bekommen.

„Interessant", sagte Stradivari. „Und lohnend. Man braucht sich ja nur mal vorzustellen, welche Möglichkeiten es da gibt: Bachs ‚Goldberg-Variationen' zum Beispiel oder Beethovens ‚Diabelli-Variationen'. Und natürlich all die Variationswerke von Mozart, Brahms, Mendelssohn und vielen anderen."

Reuter schlug ein Blatt auf, auf dem Doktor Stradivari eine Liste erkennen konnte. „Ich verstehe natürlich viel weniger von Musik als Sie, werter Herr Doktor, aber ich kann erkennen, dass auch modernere Werke dabei sind. Und da sind wir gleich beim Thema." Er räusperte sich. „Das Opfer ist eine Pianistin namens Theresia von Hennstedt. Sie hat im Studio Beethovens ‚Diabelli-Variationen' aufgenommen. Danach ist sie in ihr Hotel im Nachbarhaus gegangen. Dort muss sie auf die Person getroffen sein, die sie umgebracht hat. Sie wurde geschlagen und von einem Balkon gestoßen. Vorher hat es wohl einen Streit gegeben. Niemand hat die andere Person gesehen, aber wir können zeitlich eingrenzen, wann die Tat geschah."

„Und was haben die anderen Musikerinnen und Musiker zu diesem Zeitpunkt getan?", fragte der Doktor.

Reuter runzelte die Stirn. „Insgesamt hat das Label fünf Künstler eingeladen – für Variationswerke von Beethoven, Bach, Brahms, Mozart und Anton Webern."

„Aha", hakte der Doktor ein. „Als Sie modernere Musik erwähnten, haben Sie Webern gemeint. Seine Klaviervariationen op. 27 sind in der Zwölftontechnik geschrieben, also atonal."

Der Hauptkommissar ging auf die Bemerkung nicht ein. „Zwei der fünf waren bereits abgereist", fuhr er fort. „Und zwar Pedro Soltani, der sich zum Zeitpunkt des Todes von Frau von Hennstedt nachweislich im Flieger nach Madrid befand. Er hat übrigens Variationen von Mozart aufgenommen. Seine Kollegin Verena Berger hatte einen Arzttermin, der auch dokumentiert ist. Sie war die Brahms-Kandidatin. Bachs ‚Goldberg-Variationen' hat Benjamin Schiller übernommen. Er behauptet, bis zur Abfahrt seines Zuges in der Stadt gebummelt zu haben. Was man nicht beweisen kann. Nach ihm spielte dann Frau von Hennstedt den Beethoven ein. Als sie ins Hotel ging, kam Christiane Gellermann ins Studio – mit Webern. Wir konnten herausfinden, dass sie um 11:50 Uhr mit der Aufnahme begann. Zwischen 12:05 Uhr und 12:15 Uhr kam Frau von Hennstedt ums Leben." Er kratzte sich am Kopf. „Wenn es jemand von der Konkurrenz war, müsste Benjamin Schiller der Täter sein. Frau Gellermann fing ja nicht an, den Webern zu spielen, um dann nach etwa zehn Minuten abzubrechen, hinüberzugehen und sich mit Theresia von Hennstedt zu streiten. Sie hatte ja auch ein Interesse daran, eine gute Leistung zu bringen."

„Ja, das ist klar", sagte Stradivari nachdenklich. „Trotzdem sollte man sie keinesfalls aus dem Kreis der Verdächtigen entlassen."

Was meint Doktor Stradivari damit?

3

Puccinis Messe

Wenn Doktor Stradivari ein Konzert besucht hatte, klang das Erlebte oft noch lange in ihm nach. So ging es ihm auch an diesem Vormittag, an dem er Hauptkommissar Reuters Büro zustrebte. Er hatte am Vorabend eine mitreißende Aufführung von Giacomo Puccinis „Messa di Gloria" erlebt. Es war viel zu wenig bekannt, dass der berühmte Opernmeister auch ein umfangreiches geistliches Werk hinterlassen hatte. Das Thema der großen Fuge am Ende des Gloria-Teils im Ohr, öffnete Stradivari die Tür.

Reuter hatte Besuch von einer dunkelhaarigen Frau. Stradivari erfuhr, dass es sich um Eleonore Müller handelte. Sie arbeitete im Archiv des städtischen Museums.

„Frau Müller ist hier, um uns auf etwas aufmerksam zu machen", sagte der Hauptkommissar. „Es geht um einen Antiquitätenhändler, der auch Handschriften im Angebot hat."

Die Dame druckste ein wenig herum. „Zunächst möchte ich klarstellen, dass ich niemanden so einfach beschuldigen will. Wenn die Informationen stimmen, sollte man freilich von Seiten der Polizei etwas unternehmen …"

Sie berichtete, dass sie von bestimmten Personen über Handschriftenfälschungen informiert worden sei. Der Antiquitätenhändler Harold Lautenbecker habe solche falschen Dokumente in Umlauf gebracht. „Er geht dabei ziemlich raffiniert vor", sagte Frau Müller. „Er verwickelt seine Kunden in Gespräche, in denen er deren Interessen abklopft. Dann gibt er vor, dass jemand gerade jetzt ein passendes Dokument im Angebot hat. Das besorgt er dann. Das heißt, er lässt es ganz gezielt anfertigen, wahrscheinlich mit Computerunterstützung. Das Raffinierte daran ist, dass es natürlich nie die ganz berühmten Schriftstücke sind, die er nachmachen lässt. Es sind Kleinigkeiten. Eine angebliche Notiz von Goethe oder von jemandem, der Goethe gekannt hat. Ein Zeitgenosse des 19. Jahrhunderts, der zum Beispiel Beethoven kannte, schreibt etwas in sein Tagebuch – und diese angebliche Tagebuchseite hat Lautenbecker dann im Angebot. Die Personen, die mir den Hinweis gegeben haben, möchten anonym bleiben. Es ist ihnen peinlich, auf diesen Betrug hereingefallen zu sein."

„Somit können wir auf deren Aussage nicht zählen", sagte Reuter und kratzte sich nachdenklich am Kopf. „Dabei könnten sie uns ja sogar die Fälschungen als Beweismittel zur Verfügung stellen …"

„Jemand sollte den Lockvogel spielen", sagte Doktor Stradivari. „Er sollte sich als Käufer ausgeben und Lautenbecker auf die Probe stellen …"

Schon am Nachmittag traf Doktor Stradivari Lautenbecker, einen rothaarigen Endvierziger im karierten Anzug, in dessen Laden. Er war mit verschiedensten Waren vollgestopft – mit Büchern, Möbeln, Bildern, altem Geschirr und vielem anderen.

Der Doktor erklärte, dass er seiner Handschriftensammlung ein paar weitere Objekte hinzufügen wolle und gehört habe, dass Lautenbeckers Angebot auch so etwas enthalte. Auf einmal hatte er wieder das Fugenthema vom gestrigen Abend im Ohr. So kam er auf die Idee, sich als Sammler von Autografen rund um Giacomo Puccini auszugeben.

„Ein sehr interessantes Thema", rief der Antiquar theatralisch in typischer Art eines Verkäufers, der dem Kunden schmeicheln will. „Und ein Komponist, der vielseitiger ist, als viele denken."

„Das kann man sagen. Erst gestern habe ich seine Messe gehört. Ein beeindruckendes Werk."

„Oh ja." Der Antiquar nickte. „Früh entstanden, steckt aber schon viel des Opern-Puccini darin. Dabei war der Komponist erst 21 Jahre alt, als das Werk in seiner Heimatstadt Lucca erstmals gespielt wurde." Er runzelte die Stirn und schien nachzudenken. „Vielleicht kann ich Ihnen dazu sogar etwas liefern. Warten Sie, ich schaue in meinen Unterlagen nach."

„Ich habe Zeit", sagte der Doktor.

Lautenbecker verschwand einige Minuten in einem Hinterzimmer.

„Ich habe einen Kontakt, der etwas Passendes liefern könnte", sagte er dann. „Es ist ein hoch interessanter Brief der Witwe eines italienischen Kaufmanns aus dem Jahre 1926. Sie berichtet einer Freundin von der Begegnung mit Puccini in Mailand nach der Uraufführung von dessen Oper ‚Turandot'. Sie hat 46 Jahre zuvor auch die Premiere der frühen Messe erlebt und konnte sich mit dem Komponisten über stilistische Übereinstimmungen austauschen. Würde Sie dieses Dokument interessieren?"

Kurz darauf verließ der Doktor den Laden, holte sein Handy hervor und rief Reuter an. Es war gar nicht nötig, Lautenbecker etwas abzukaufen. Schon jetzt war klar, dass er ein Betrüger war.

Wie kommt Doktor Stradivari darauf?

Ein Blick in die Vergangenheit

Doktor Stradivari bezahlte den Taxifahrer und stieg aus dem Wagen. Die Straße war eng und düster. Als das Auto wegfuhr, schmatzten die Reifen im dicken Schneematsch. Neben einer Tür glänzte ein Messingschild matt im schwachen Licht der nächsten, weit entfernten Straßenlaterne. Die Buchstaben darauf waren groß und geschwungen:

„ALLEGRA – IHRE SPIRITUELLE BERATERIN BLICKT IN DIE VERGANGENHEIT".

Es war die verrückteste Sache, die Stradivari je in seiner langjährigen Zusammenarbeit mit Hauptkommissar Reuter erlebt hatte. Vor zwei Wochen hatte es einen Einbruch im Haus des Industriellen Alfons Ritter gegeben. Die Diebe hatten wertvollen Schmuck mitgehen lassen. Kurz darauf hatte man sie zwar gefasst, von der Beute jedoch fehlte jede Spur. Und die Festgenommenen weigerten sich, über deren Verbleib Auskunft zu geben. Agathe Ritter, die Frau des Industriellen, war auf die Idee gekommen, die Wahrsagerin namens Allegra danach zu befragen. Offenbar hatte sie schon öfter deren Beratung in Anspruch genommen. Angeblich war Allegra in der Lage, Szenen aus der Vergangenheit innerlich zu „sehen".

Bei der Polizei war der Vorschlag natürlich auf Kopfschütteln gestoßen. Schließlich hatte Ritter selbst beim Polizeipräsidenten darauf gedrungen, es zu versuchen. Reuter hatte zähneknirschend zugestimmt – aber nur unter der

Voraussetzung, dass man Allegra erst einmal auf den Zahn fühlen sollte. Was seine Leute sofort herausfanden, war ihr amtlicher Name. Er lautete Renate Stürzenbecher. Bis zu ihrem Renteneintritt vor vier Jahren war sie Friseuse gewesen.

Stradivari hatte sich bereit erklärt, ihre hellseherischen Fähigkeiten zu testen. Er hatte sich eine Aufgabe für die Dame ausgedacht.

Kurz darauf fand er sich in einem Zimmer wieder, dessen Wände von dunklen Samtvorhängen bedeckt waren. Neben einem Tisch mit einer brennenden Kerze standen zwei Stühle für Allegra und ihren Besucher. Die Dame trug ein langes Gewand in derselben Farbe wie die Vorhänge. Ihr Haar war von einer Art Turban bedeckt.

„Ihr Name ist der eines berühmten Geigenbauers", stellte die Wahrsagerin fest.

„Ich möchte wissen, ob ich mit ihm verwandt bin", sagte der Doktor. „Die Ahnenforschung hat in dieser Frage bisher leider nichts ergeben."

„Ich kann nicht garantieren, dass ich jede Frage beantworten kann", sagte sie. „Ich kann nur Bilder aus der Vergangenheit sehen und sie beschreiben. Es wird etwas aus Ihrer Familiengeschichte auftauchen. Interpretieren müssen Sie aber selbst."

„Das heißt, Sie sehen das Vergangene, als wenn eine Filmkamera aufgestellt worden wäre?"

„Genau so." Sie bat den Doktor, seine Hände auszustrecken und auf ihre Handflächen zu legen. Als wäre ein elektrischer Kontakt geschlossen, hob sie das Kinn ruckartig an, schloss die Augen. Eine Ewigkeit schien zu vergehen, bevor sie zu sprechen begann.

„Ich sehe einen jungen Mann", sagte sie. „Er hat einen Geigenkasten in der Hand. Es könnte eine Stradivari sein.

Oder es ist einer Ihrer Vorfahren. Er geht irgendwohin."
„In welchem Jahr sind wir?"

„Der junge Mann trägt einen Dreispitz und Perücke. Er geht in ein Gebäude ... Es ist ein Opernhaus. Da ist ein Fluss, eine Brücke ... von Steinfiguren gesäumt. Es ist die Karlsbrücke in Prag ... Jetzt sind wir im Inneren des Hauses. Den Orchestergraben. Der junge Mann sitzt bei den Violinen. Der Dirigent tritt vor das Orchester. Ich kenne ihn von Bildern. Es ist Mozart. Tatsächlich! Und es geht los ... Ein düsterer Akkord, sie ist so düster und gruselig, diese Musik ..."

„Soll das die Uraufführung der Oper ‚Don Giovanni' sein?", fragte der Doktor. „Was sehen Sie noch?"

„Das Orchester. Geigen. Celli. Kerzenlicht im Theater. Es spiegelt sich im Messing der Trompeten und Hörner. Auch in den Flöten. Sie glänzen wie Silber."

Allegra beschrieb noch weitere Details. Dann schien sie wie aus einer Trance zu erwachen. Sie erklärte, nicht mehr sagen zu können.

Stradivari bedankte sich und ging. In seiner Familie war tatsächlich immer wieder erzählt worden, ein Vorfahr habe bei der Uraufführung von Mozarts „Don Giovanni" im Orchester mitgespielt. Ein Onkel des Doktors hatte darüber Näheres herauszufinden versucht und einen Artikel darüber verfasst.

Allegra schien gut darin zu sein, solche Dinge über ihre Kunden vor den Sitzungen zu recherchieren. Dass sie wirklich mit ihren geistigen Kräften den Premierenabend des Jahres 1787 „gesehen" hatte, glaubte er jedoch nicht.

Warum ist sich Stradivari da so sicher?

Jagd auf einen Wolf

Hauptkommissar Reuter verstand bei Weitem nicht so viel von klassischer Musik wie Doktor Stradivari. Trotzdem hatte er große Freude daran, und gelegentlich besuchten die beiden Herren sogar gemeinsam das eine oder andere Konzert. An diesem Abend hatten sie eine Aufführung in einer Nachbarstadt erlebt und befanden sich gerade in Reuters Wagen auf dem Rückweg, als das Handy des Kripomannes klingelte. Reuter meldete sich und führte ein kurzes Gespräch.

„Ist es nicht verboten, am Steuer eines Fahrzeugs das Handy zu benutzen?", fragte der Doktor lakonisch.

„Da haben Sie recht", erwiderte der Hauptkommissar. „Es war allerdings dienstlich. Die Kollegen wussten, wo ich heute Abend unterwegs war. In der Nähe hat es einen Fall von versuchtem Mord gegeben. Wir müssen das leider übernehmen. Ich hoffe, Sie haben heute Abend nichts anderes vor?"

„Das macht gar nichts", sagte Stradivari, der eigentlich lieber den Rest des Abends lesend verbracht hätte. Allerdings sah er ein, dass die Sache ein Notfall war.

Der Hauptkommissar bog von der Bundesstraße ab und folgte einer Landstraße, die durch eine verschneite, ländliche Gegend führte. Hinter einem kleinen Dorf bog er auf einen Schotterweg ab, auf dem der Wagen gehörig schaukelte. Dann erreichten sie ein zweistöckiges Fachwerkhaus. Die Außenbeleuchtung brannte. Vor dem Eingang stand ein Streifenwagen. Zwei uniformierte Polizisten erwarteten Reuter schon.

Stradivari hielt sich abseits, während sich der Hauptkommissar darüber informierte, was geschehen war. Trotzdem bekam er alles mit.

In dem Fachwerkhaus lebte ein gewisser Tobias Berger, ein Einzelgänger, der verschiedenen Interessen nachging und auch passionierter Jäger war. Ottmar Fischer, ein Bewohner des nahen Dorfes, hatte auf ihn geschossen – und zwar mit einem von Bergers eigenen Gewehren. Berger war nicht getötet worden, aber er war so schwer verletzt, dass man ihn nicht befragen konnte. Fischer hatte nach der Tat selbst die Polizei informiert.

„Herr Fischer erzählt immer wieder etwas von einem Wolf, den Herr Berger töten wollte", sagte einer der Beamten. „Wir haben das überprüft. Hier in der Gegend lebt tatsächlich eine Wölfin, die schon einige Schafe gerissen hat. Es gibt große Konflikte zwischen den Viehzüchtern, die den Wolf nicht hier haben wollen, und den Naturschützen."

„Und Herr Fischer war wohl ein solcher Naturschützer?", mutmaßte Reuter.

Der Kollege nickte. „Und Bergers Bruder ist einer der betroffenen Bauern."

Reuter erklärte, dass er mit Fischer sprechen wollte. Es war ein junger Mann von etwa fünfundzwanzig Jahren, der sehr aufgeregt wirkte.

„Als Herr Berger gestern im Dorf war, habe ich neben ihm gestanden, als er mit dem Handy telefonierte", sagte er. „Er hat immer wieder etwas über den Wolf gesagt. Und ich habe auch das Wort ‚Wolftöter' gehört."

„Und dann sind Sie einfach hergekommen und haben auf ihn geschossen?", fragte Reuter. „Wie sind Sie überhaupt an Herren Bergers Waffe gekommen?"

Fischer schüttelte den Kopf. „Ich wollte doch nur mit ihm reden. Er hat mich reingelassen. Dann hat sein Telefon geklingelt, er ist drangegangen und hat wieder von dem Wolf angefangen. Die Tür zu seinem Waffenschrank stand zufällig offen. Ich wollte ihm eigentlich nur ein bisschen Angst machen. Plötzlich ging der Schuss los ...“

Reuter wollte sich die Örtlichkeiten ansehen. Sie gingen in das Haus, und Stradivari folgte ihnen. Auf einem Tisch stand ein aufgeklappter Laptop. Der Bildschirmschoner lief. Um keine Abdrücke zu verwischen, schützte Reuter seinen Finger mit einem Taschentuch, bevor er eine Taste drückte. Auf dem Monitor erschien ein Bild von einem metallischen Gegenstand.

„Ist das eine Patrone?“, fragte Reuter stirnrunzelnd.

In diesem Moment entdeckte Doktor Stradivari in der Ecke des Raumes den Notenständer. Darauf lag ein aufgeschlagenes Heft. Die Cellosuiten von Johann Sebastian Bach. Das Instrument lehnte daneben an einem Stuhl.

„Herr Berger hat Cello gespielt“, sagte Reuter zu dem Doktor. „Aber dieser Fall hat wohl nichts mit Musik zu tun.“

„Vielleicht doch“, meinte Stradivari. „Mit wem hat Berger vor der Tat telefoniert?“

Die Beamten überprüften es anhand der Wiederwahltaste. „Eine Musikalienhandlung“, stellte Reuter verblüfft fest.

„So etwas habe ich mir gedacht“, sagte der Doktor. „In diesem Fall geht es wahrscheinlich um etwas ganz anderes, als Sie alle denken.“

Was meint Doktor Stradivari damit?

Rätsel um ein Weihnachtslied

„Eine üble Sache", sagte Hauptkommissar Reuter ernst und blätterte nachdenklich in einer Akte, die vor ihm auf dem Schreibtisch lag. „Es ist vor allem deshalb so schlimm, weil die Täter so skrupellos waren. Stellen Sie sich vor: Mitten am Tag dringen sie in eine Wohnung ein. Der Mann, der dort lebt, ist zu Hause. Sie überwältigen ihn, verletzen ihn schwer und stehlen ein paar Wertgegenstände, die bestenfalls einige Hundert Euro wert sind. Er liegt im Krankenhaus im Koma."

„Wenn es am helllichten Tag war, könnte es doch Zeugen geben", sagte Doktor Stradivari. Er war eher zufällig ins Präsidium gekommen. Ein kleiner Stadtbummel hatte ihn in die Gegend geführt, und ihn hatte die Idee angeflogen, mit dem Hauptkommissar zu Mittag zu essen. Dem stand aber danach gerade gar nicht der Sinn.

„Ganz recht", sagte Reuter. „Zeugen haben wir. Oder eine Zeugin, um genau zu sein. Hören wir uns mal an, was sie zu sagen hat."

„Soll ich dabeibleiben?", fragte der Doktor. „Ich bin ja eigentlich nur dabei, wenn es um Musik geht."

Ein Lächeln huschte über das Gesicht des Kripobeamten. „Ich habe hier einige Notizen von den Streifenpolizisten, die als erste am Tatort waren. Wenn ich das hier richtig verstehe, werde ich Ihren Rat vielleicht brauchen."

Er führte ein kurzes Telefonat, und dann kam die Zeugin herein. Sie hieß Pamela Mangold, war eine etwa dreißigjährige Blondine und arbeitete in der Nähe des Tatorts in einem Sonnenstudio.

„Jetzt, bevor die Leute über die Feiertage wegfahren, ist bei uns die Hölle los", begann sie zu erzählen. „Sie können sich das gar nicht vorstellen. Termine, Termine, Termine – und als ich meine Chefin gebeten habe, dass ich mal eine halbe Stunde lang meine Einkäufe erledigen kann, gab es auch nur Theater. Können Sie sich vorstellen, was Sie gesagt hat? Sie ..."

„Bitte konzentrieren Sie sich doch darauf, was Sie an dem Haus beobachtet haben, in dem der Einbruch geschah", bremste Reuter ihren Redefluss. „Sie sagten den Kollegen, Sie hätten einen Wagen wegfahren sehen?"

„Ja, das hab ich gesehen. Wer drinsaß, weiß ich leider nicht. Aber ich kann mich an das Nummernschild erinnern. Das habe ich Ihren Kollegen auch gesagt."

„Wir haben es überprüft", sagte Reuter. „Um daraus einen wasserdichten Verdacht zu machen, müssen Sie uns nur noch sagen, wann genau der Wagen wegfuhr. Es kommt wirklich auf die Minute an."

„Das weiß ich leider nicht", erklärte Frau Mangold.

„Aber können Sie das nicht irgendwie mit ihrem Dienstplan abgleichen? Sie sagten doch, es wäre in der halben Stunde gewesen, in der Sie einkaufen waren."

„Was?" Sie lächelte und schüttelte den Kopf. „Nein. An dem Tag hatte ich komplett frei. Ich war den ganzen Tag shoppen, und wann ich an dem Haus vorbeikam, weiß ich nicht mehr. Ich weiß nur noch, dass ich da kurz stand und einem Weihnachtslied zuhörte. Das müsste auch schon in Ihren Akten stehen."

„Jemand spielte ein Weihnachtslied?", hakte Doktor Stradivari nach.

„Ja, oder es wurde gesungen. O du fröhliche. Es kam von weiter her."

„Wenn wir wüssten, wer das Lied zu welcher Zeit dort gespielt hat, wüssten wir, wann der Wagen wegfuhr und ob alles zeitlich zusammenpasst", sagte Reuter, als die Dame gegangen war. „Aber es scheint mir aussichtlos, das nach zwei Tagen zu rekonstruieren."

Sie überprüften die Nachbarschaft. Dabei stellte sich heraus, dass sich im Haus nebenan die Räume einer Kirchengemeinde befanden, die oft für Musikproben genutzt wurden. Reuter rief dort an, und schon während des Gesprächs warf er dem Doktor einen triumphierenden Blick zu. Er schrieb hastig mit, dann wurde sein Gesichtsausdruck wieder finster. Schließlich bedankte er sich, legte auf und berichtete dem Doktor, was er herausgefunden hatte.

„Ich habe mit der Küsterin gesprochen", sagte er. „Es probten an diesem Tag mehrere Ensembles und Musiker für ein Konzert am dritten Advent. Die schlechte Nachricht ist, dass unser Weihnachtslied nicht auf dem Programm stand.

„Was denn dann?", fragte der Doktor.

Reuter las von seinen Notizen ab. „Das konnte sie mir sagen, weil sie selbst an dem Konzertplakat mitgearbeitet hat. Chorlieder von Samuel Scheidt. Sonaten von Arcangelo Corelli. Ein Stück von Beethoven, das aber keine Opuszahl hat. Werk ohne Opuszahl Nummer 157. Schade. Wenn unser Lied dabei gewesen wäre, hätten uns die Musiker einen Hinweis auf die Uhrzeit geben können."

„Aber genau diesem Plan können wir folgen", sagte der Doktor. „Ich glaube, wir sind einen Schritt weitergekommen."

Was meint Doktor Stradivari damit?

Die gestohlene Eintrittskarte

„Dieses Konzert hätte ich gerne selbst gehört." Doktor Stradivari blickte traurig auf das Plakat, das neben dem Eingang des Konzertsaals hing. Geboten wurde ein Weihnachtsoratorium, aber nicht das berühmte von Johann Sebastian Bach, sondern das aus der Feder des französischen Romantikers Camille Saint-Saëns.

„Wir haben nun mal einen Fall zu lösen", sagte Hauptkommissar Reuter. „Kommen Sie bitte." Gemeinsam betraten sie das Foyer.

Begonnen hatte alles mit einem Einbruch bei einer Dame namens Theodora Dormann-Gastner. Die reiche Witwe förderte Musiker und finanzierte ganze Festivals. Ihr Zuhause war voller Gemälde zu musikalischen Themen, und musikalische Symbole schmückten ihr Heim in vielen Variationen: als Verzierung am Gartenzaun, auf dem Terrassenboden und sogar auf dem Fußabtreter vor dem Eingang. Dem Doktor war bei dem Besuch vor allem ein Motiv aufgefallen, das aus einem Stück Notensystem und Violinschlüssel nebst zwei Noten bestand, von denen eine auf der zweitobersten, die andere auf der zweituntersten Linie saß.

Die Diebe hatten wertvolle, zum Glück gut versicherte Gemälde gestohlen. Was sie ebenfalls hatten mitgehen lassen, war eine teure Konzertkarte, die auf einem kleinen Sekretär gelegen hatte – das Ticket für das heutige „Oratorio de Noël". Da die ersten Ermittlungen ins Leere gelaufen waren, fasste Reuter einen Plan. Vielleicht nahm die gestohlene Eintrittskarte ja jemand in Anspruch. Vielleicht saß ja jemand auf dem gebuchten Platz. Und vielleicht war es sogar der Täter oder ein Bekannter des Täters.

Reuter und der Doktor brauchten eine Weile, um der Kartenkontrolleurin am Eingang klarzumachen, wo sie hinwollten. Nach langen Erklärungen ließ man sie endlich durch.

Dann standen sie im Mittelgang und beobachteten, wie sich die Reihen füllten. Der Platz, um den es ging, befand sich in Reihe acht. Von dort aus hatte man einen perfekten Blick auf die Bühne, wo jetzt noch einsame Notenpulte und Stühle standen.

„Das habe ich befürchtet", sagte der Hauptkommissar, als immer mehr Menschen in den Saal kamen und sich ihre Plätze suchten, dieser eine jedoch frei blieb.

„Wir haben noch ein paar Minuten", sagte Stradivari und machte einem Ehepaar Platz, das vorbeiwollte. Der Doktor und der Hauptkommissar ernteten missbilligende Blick, denn sie standen allen im Weg.

Zwei Minuten vor Beginn des Konzerts näherte sich ein Mann mit Glatzkopf der achten Reihe. Er nahm sein Ticket aus dem Sakko und schien sich noch einmal zu vergewissern, wo sein Platz war. Doktor Stradivari, der neben ihm stand, konnte die Platznummer lesen. Es war die gestohlene Eintrittskarte, die der Mann in der Hand hielt.

Kommissar Reuter trat zu dem Mann und zeigte seinen Ausweis. „Kriminalpolizei", sagte er. „Bitte kommen Sie mit. Wir haben ein paar Fragen an Sie."

Dem Mann schoss das Blut ins Gesicht. Er war offenbar völlig überrascht. Dann standen sie in dem menschenleeren Foyer. Reuter ließ sich die Personalien des Mannes geben. Er hieß Robert Hoffmann.

„Wo haben Sie diese Eintrittskarte her?", fragte der Hauptkommissar.

„Ich habe sie draußen jemandem abgekauft. Stimmt etwas nicht damit?"

Der Hauptkommissar klärte ihn darüber auf, dass das Ticket bei einem Einbruch gestohlen worden war. „Damit ist es beschlagnahmt. Sie können das Konzert nicht besuchen."

„Ein Einbruch?", rief Hoffmann aufgeregt. „Damit habe ich nichts zu tun. Sie müssen mir glauben. Hören Sie, ich bin Finanzbeamter. Ich gehe oft ins Konzert, habe aber für heute am Schalter keine Karte mehr bekommen …"

„Beschreiben Sie uns die Person, der Sie die Karte abgekauft haben", sagte Reuter.

„Es war eine Frau. Trotz der Dunkelheit hatte sie eine Sonnenbrille auf und sie trug einen Hut. Sie stand im Eingang vom Parkhaus nebenan. Ich kann sie nicht beschreiben. Sie wollte sicher nicht erkannt werden."

„Dann stehen wir wieder am Anfang", sagte Reuter.

„Ich erinnere mich noch an ein Detail. Als sie mir die Karte gab, habe ich gesehen, dass sie ein Armband trug. Darauf waren Noten eingraviert. Interessanterweise der Anfang des Oratoriums von Saint-Saëns. Die Töne, mit denen nach dem Orgelvorspiel die ersten Violinen einsetzen."

„Sind Sie da sicher?", fragte Stradivari.

„Oh ja", sagte Hoffmann. „Ich studiere sehr gerne in meiner Freizeit Partituren, und ich spiele selbst Violine."

„Ich glaube, das wirft ein neues Licht auf den Fall", sagte der Doktor nachdenklich.

Was meint Doktor Stradivari damit?

Wandern im Präsidium

Das Bild, das sich Doktor Stradivari im Büro von Hauptkommissar Reuter bot, war so bizarr, dass er eine Weile
brauchte, um es zu erfassen. Schon draußen hatte er Gitar-
renklänge vernommen, zu denen jemand aus voller Brust
– zugegeben recht sauber – sang. Kaum hatte er die Tür
geöffnet, sah er einen dicken Mann, der, sich selbst be-
gleitend, ein berühmtes Lied schmetterte: Das Wandern ist
des Müllers Lust, das Wandern ist des Müllers Lust, das
Wa-han-dern. Da-has muss ein schle-hech-ter-her Müller
sein, dem niemals fie-hiel da-has Wandern ein ..."

Der Hauptkommissar, der kopfschüttelnd hinter seinem
Schreibtisch gesessen hatte, schien beim Anblick des
Doktors Kraft zu schöpfen. „Ruhe!", rief er. „Aufhören!" Er
schlug auf den Tisch.

Der Sänger stoppte sofort. „Aber ... ich wollte Ihnen nur
das Lied vorsingen, dass ich gestern Abend ..."

„Ja, ja", rief Reuter unwirsch. „Wir werden das klären. Der
Fachmann, der uns dabei hilft, ist gerade gekommen."

Der Hauptkommissar ging mit dem Doktor nach nebenan. „Der Mann heißt Theo Schimmel", erklärte er. „Vor-
bestrafter Einbrecher, vor drei Wochen aus der Haft entlassen. Gestern Abend gab es einen Einbruch. Auf einem
Brecheisen, das die Kollegen gefunden haben, sind seine
Fingerabdrücke."

„Es scheint, als hätten Sie den Fall gelöst", meinte der Doktor lächelnd. „Und singen kann er auch."

„Und Gitarrespielen. Das hat er im Gefängnis gelernt. Er war in einem Gefangenenchor."

„Von Verdi?", witzelte der Doktor.

„Sie wissen, wie ich es meine. Und er hat im Knast die Liebe zur klassischen Musik entdeckt. Er behauptet, gestern Abend im Konzert eines jungen Tenors gewesen zu sein, der den Liederzyklus ‚Die schöne Müllerin‘ von Schubert gesungen hat."

„Ich war ebenfalls dort. Mit der Vertonung des Gedichts ‚Das Wandern‘ beginnt das Werk."

„Deswegen hat er es mir ja auch vorgesungen. Um mir klarzumachen, dass er das gestern gehört hat. Freilich mit Klavierbegleitung statt mit Gitarre. Als ob ihn das entlasten würde ..."

„Aber Sie haben doch die Fingerabdrücke?", fragte der Doktor nach.

„Er sagt, er habe sein Werkzeug schon vor seiner Haftzeit einem Kumpel überlassen. Und der hat kein Alibi."

Von nebenan war wieder das Lied zu hören. Stradivari öffnete die Tür, unterbrach ihn und fragte: „Was Sie da singen – haben Sie das gestern im Konzert gehört? Mal abgesehen von der Gitarre?"

„Ja", rief Schimmel. „Aber es will mir niemand glauben. Ich bin kein Einbrecher mehr. Ich bin jetzt Schubert-Fan ... Das Wandern ist des ..."

Der Doktor wandte sich an Reuter: „Ich denke, die Sache ist klar."

Was meint Doktor Stradivari damit?

9

Das Wiener Alibi

„Ein einziges Mal im Leben wollte ich dabei sein", rief Arthur Hirsenbrunner verzweifelt aus. „Können Sie sich vorstellen, wie schwer es war, eine Karte für das Wiener Neujahrskonzert zu bekommen?"

„Dann zeigen Sie uns die Karte doch", forderte ihn Hauptkommissar Reuter auf. „Auch wenn damit praktisch nichts bewiesen ist. Sie hätten sie sich nach dem Konzert ja sonstwo besorgen können."

„Ich habe etwas Besseres", sagte Hirsenbrunner. „Und ich hoffe, dass Sie das anerkennen. Und endlich diesen lächerlichen Vorwurf fallen lassen, ich hätte meine Frau ermordet. Das ist ja völlig absurd."

„Sie haben nachweislich eine junge Geliebte", erklärte Reuter. „Und beim Tod Ihrer Gattin wurden Sie Alleinerbe. Unter anderem eines luxuriösen Hauses."

„Meinen Sie, ich hätte nicht selbst genug Geld?", wehrte Hirsenbrunner ab, der gerade in seiner Aktentasche etwas suchte und schließlich sein Handy herausholte. Er entsperrte es, wählte ein Foto aus und legte das Telefon auf den Tisch, sodass Reuter und der ebenfalls anwesende Doktor Stradivari es sehen konnten.

Er hatte ein Selfie gemacht. Und das in einem der berühmtesten Konzertsäle der Welt, dem großen Saal des Wiener Musikvereins. Hinter ihm waren Details zu erkennen: die goldene Decke, die Kronleuchter und natürlich die Bühne, auf dem ein Orchester Platz genommen hatte. Doktor Stradivari kniff die Augen zusammen und erkannte ein paar Gesichter unter den Musikern. Es waren die Wiener Philharmoniker. Berühmter als deren Mitglieder war der Mann am Pult, der sich gerade dem Publikum zuwandte. Es handelte sich um keinen anderen als Riccardo Muti. Einen großen Teil des Bildes nahm Hirsenbrunners Gesicht ein, der mit einem Ausdruck von Selbstgefälligkeit in die Kamera grinste.

„So ein Bild kann man fälschen", sagte Reuter. „Und damit ist es als Alibi untauglich. Sie sollten einen anderen Beweis erbringen, dass Sie an diesem Tag in Wien waren. Gelingt es Ihnen, kommen Sie als Verdächtiger nicht infrage. Ihre Frau wurde in München ermordet. Am Neujahrsmorgen ..."

„Sie müssen mir das nicht noch einmal alles schildern", unterbrach ihn Hirsenbrunner. „Das reißt auch bei mir alte Wunden auf. Ich kann nur immer wieder betonen, dass ich es nicht war. Dass ich mir einen Traum erfüllt habe, als ich nach Wien fuhr. Ich hatte mit meiner Frau schon lange Differenzen, das gebe ich zu. Sie mochte klassische Musik nicht im Geringsten. Ich aber hatte schon lange den Wunsch, die Melodien des Walzerkönigs mal beim Neujahrskonzert zu erleben."

„Wir müssen das überprüfen", sagte Reuter und nahm das Handy vom Tisch. Er und Doktor Stradivari verließen den Vernehmungsraum, um sich nebenan in Ruhe zu beraten.

„Was halten Sie von dem Foto?", fragte Reuter den Doktor.

„Wie Sie schon sagten, kann man so etwas leicht fälschen. Sollten Sie das nicht Ihre Leute überprüfen lassen? Die kriegen das doch sicher heraus."

Der Kripo-Beamte schüttelte den Kopf. „Das dauert zu lange. Hirsenbrunner hat ziemlich viel Geld. Wenn ich nicht sofort etwas gegen ihn in der Hand habe, wird er nicht mehr wiederkommen und vielleicht sogar wieder ins Ausland verschwinden."

Das hatte der Verdächtige gleich nach der Ermordung seiner Frau getan. Er hatte sich über ein Jahr lang in Südamerika aufgehalten. Als er erfuhr, dass er keine Verhaftung mehr zu befürchten hatte, war er nach Deutschland zurückgekehrt und hatte auch den Betrieb seiner Praxis für Schönheitsoperationen wieder aufgenommen. Doch dann, wieder viele Monate später, war auf einmal bei einer Razzia die Tatwaffe aufgetaucht. Es war eine Pistole. Sie steckte in einer Plastiktasche, die man Hirsenbrunner hatte zuordnen können.

Gemeinsam betrachteten Sie das Bild, auf dem nicht nur neben dem Verdächtigen Teile des Saales, die Musiker und der Dirigent zu sehen waren, sondern auch schemenhaft einige andere Personen aus dem Publikum.

„Wann hat Riccardo Muti die Neujahrskonzerte dirigiert?", fragte Reuter. „Hat er das eigentlich an diesem Konzert getan, für das Hirsenbrunner ein Alibi braucht? 2021?"

„Ich hatte gar nicht mehr im Kopf, dass es um 2021 ging", sagte der Doktor. „Aber es stimmt, an diesem Neujahrstag hat Muti dirigiert. Man konnte es im Fernsehen verfolgen."

„Vielleicht helfen uns die offiziellen Fernsehaufnahmen?", überlegte Reuter. „Hirsenbrunner könnte darauf zu erkennen sein."

„Sicher nicht", sagte der Doktor. „Hirsenbrunner hat kein Alibi."

Wie kommt Doktor Stradivari darauf?

Intermezzo vor der Oper

Es war kurz nach 17 Uhr, als Hauptkommissar Reuters Telefon klingelte. „Ich muss noch mal los", sagte Reuter nach dem Gespräch zu Doktor Stradivari. „Haben Sie Lust mitzukommen? Ich weiß nicht, ob der Fall etwas mit Musik zu tun hat. Aber auch wenn es oft am Anfang nicht so scheint ... Es kommt mir vor, als würde Ihre Anwesenheit das magisch anziehen."

„Wohin müssten wir denn?", fragte Stradivari, der sich eigentlich auf einen ruhigen Abend gefreut hatte.

„Zum Opernhaus. Eine Personenüberprüfung. Es dauert sicher nicht lange. Vielleicht haben Sie ja Lust, dann noch die Vorstellung zu besuchen."

Der Doktor zog den Opernprospekt aus der Tasche, den er immer bei sich trug, und sah hinein. „Heute kommt ein Werk, das mich nicht so sehr reizt. ‚Hänsel und Gretel' von Humperdinck. Es ist gerade in der Weihnachtszeit besonders beliebt. Die Vorstellung dürfte auch gleich vorbei sein, sie hat um 15 Uhr begonnen."

„Seltsam, dass man es so oft um diese Zeit spielt. Die Geschichte hat doch gar keinen weihnachtlichen Bezug."

„Aber die Oper ist gut geeignet, um Kinder an die Oper heranzuführen. Außerdem kommt ein Lebkuchenhaus vor. Was ja etwas Weihnachtliches hat."

„Spielen eigentlich Kinder die Titelrollen? Oder sind es Erwachsene?"

„Die Partien sind anspruchsvoll. Daher singen meist Erwachsene. Es gibt aber auch Inszenierungen, in denen besonders talentierte Kinder die Rollen übernommen haben. Aber jetzt erklären Sie mir doch mal, wen Sie da überprüfen müssen."

Sie hatten den Parkplatz erreicht und waren in Reuters Wagen gestiegen. „Es hat in der Innenstadt in einigen Geschäften raffinierte Ladendiebstähle gegeben", erklärte der Beamte. „Die Beute waren sehr teure Markenartikel. Designerkleidung, Handtaschen, auch Schmuck und so etwas. Es war immer dieselbe Täterin, die stets als gepflegte und gut gekleidete Dame auftrat. Sie hat die Verkäuferinnen in Gespräche verwickelt, sie abgelenkt und dann mithilfe eines Komplizen oder einer Komplizin die Sachen aus den Läden geschafft. Einer der bestohlenen Ladenbesitzer glaubt, dass er sie erkannt hat. Angeblich steht sie neben dem Operneingang."

Am Opernhaus war gerade die Vorstellung zu Ende gegangen. Menschen strömten heraus, darunter viele Kinder.

„Da ist sie", sagte er. Auch Stradivari hatte die blonde Dame im dunklen Mantel und mit passender Handtasche gesehen, die abseits gleich neben dem Bühneneingang stand.

Reuter stellte seinen Dienstwagen in einer Seitenstraße ab. Von der nächsten Ecke aus konnte man das Theater sehen. „Sind Sie sicher, dass sie die Diebin ist?", überlegte Stradivari. „Ich habe eher den Eindruck, sie ist eine von den Autogrammsammlern, die darauf warten, dass die Darsteller herauskommen. Die Uhrzeit passt ja auch dazu."

„Das eine schließt das andere nicht aus", sagte Reuter. „Es ist ganz klar, dass sie auf irgendwen wartet. Und wenn wir zu zweit kommen, merkt der Komplize vielleicht, dass sie im Visier der Polizei steht, und wir kriegen ihn nicht."

„Ich werde ihr mal auf den Zahn fühlen, wie man so schön sagt", meinte Stradivari. „Wenn sie mir verdächtig vorkommt, schaue ich auf meine Armbanduhr, und Sie können eingreifen, wenn Sie wollen."

Er überquerte die Straße, ging zu dem Eingang und blieb stehen. Er nickte der Frau freundlich zu und zog den Opernprospekt heraus. „Sind Sie auch auf Autogrammjagd?", fragte er.

Die Frau wirkte für einen Moment irritiert. Dann schien sie erst zu begreifen, was der Doktor meinte, und nickte.

„Ich sammle tatsächlich Autogramme von Opernstars", sagte sie. „Ich habe auch schon einige. Sogar eines von Angela Gheorghiu."

„Auf wen haben Sie es denn heute Abend abgesehen?", wollte Stradivari wissen und bemühte sich, wie ein interessierter Sammler zu klingen und nicht wie ein Ermittler, der Leute ausfragt.

„Am liebsten sind mir natürlich die Hauptdarsteller. Vor allem der Sänger, der den Hänsel verkörpert ... Ich bin ja in der Aufführung gewesen. Er war wirklich große Klasse! Wie die gesamte Aufführung."

Neben ihnen hing das Plakat der Humperdinck-Inszenierung. Die Dame hatte es nicht beachtet. Wenn es ihr auffiel, würde ihr vielleicht auffallen, dass sie sich in Lügen verstrickte. Außerdem näherte sich langsam ein Wagen, der schon den Blinker gesetzt hatte. Es wurde Zeit, das vereinbarte Zeichen zu geben.

Was ist Stradivari aufgefallen?

Bachs Operation

Es war ein Dezembertag, aber es herrschte schönes Wetter. Die Kraft der Sonne hatte sogar den wenigen Schnee schmelzen lassen, der in der Nacht gefallen war, und es lag ein wenig Frühling in der Luft.

„Genau das richtige Wetter, um unsere Aufnahmen auf dem Marktplatz zu machen", freute sich Max Grobenstein, seines Zeichens Regisseur eines neuen Films über das Leben von Johann Sebastian Bach. Hauptkommissar Reuter, Grobenstein und Doktor Stradivari standen an der Absperrung am Marktplatz, hinter der sich viele Neugierige drängten. Ihnen ging es aber nicht um Bach, sondern darum, dass der große Komponist von Harro Kannengießer verkörpert wurde – einem derzeit äußerst gefragten Schauspieler.

Noch war aber von dem Prominenten nichts zu sehen. Er hielt sich wahrscheinlich in einem der Wohnmobile auf, die seitlich des Platzes parkten und als Garderoben dienten.

Für diejenigen, die einen guten Platz hatten, war der Blick auf das Filmset hinter dem Sperrgitter frei. Es bestand aus einem kleinen Zeltpavillon, dessen Beine direkt auf den Pflastersteinen standen und in dem sich ein Lehnstuhl befand.

„Sie drehen die Szene mit Bach und Doktor Taylor", sagte der Doktor. „Das ist etwas, was viele, die Bachs Musik lieben, gar nicht wissen."

„Sie scheinen ein Kenner zu sein", rief Grobenstein begeistert. „Sie haben vollkommen recht. Wenn Sie hierbleiben, können Sie ja zusehen. In ein paar Minuten ist Harro so weit, dann geht es los." Er ging durch die Absperrung zu den Filmleuten.

„Klären Sie mich bitte auf?", bat Hauptkommissar Reuter. „Ich dachte, sie filmen, wie der Komponist über den Markt geht oder so etwas ..." Er war nur mitgekommen, weil er die Absperrungen in der Stadt mit beaufsichtigen musste, die gerade im vorweihnachtlichen Trubel verkehrstechnisch für ein großes Durcheinander sorgten. Zum Glück sollten die Dreharbeiten spätestens um 16 Uhr beendet sein. Jetzt war es gerade kurz nach zwei.

„1750, im Jahr seines Todes, hat sich Bach einer Operation unterzogen", sagte Stradivari. „Es war im April. Deswegen meinte Herr Grobenstein auch, dass er Glück mit dem Wetter hat."

„Und die Operation fand auf einem Marktplatz statt?", fragte der Doktor ungläubig.

„Allerdings. In Leipzig. Wo Bach ja lebte. So war das im 18. Jahrhundert. Man konnte nicht einfach zum Arzt gehen. Die Doktoren reisten herum und gaben ihre Kunst auf öffentlichen Plätzen zum Besten. Der Mann, der Bach behandelte, war übrigens ein gewisser Sir John Taylor, und er ..."

Reuters Handy klingelte. Der Hauptkommissar wurde an eine andere Stelle gerufen. Er entschuldigte sich bei dem Doktor, der an seinem Posten blieb. Er konnte von hier aus alles beobachten. Kannengießers Verwandlung in den Thomaskantor war perfekt. Auch Taylor, verkörpert von dem aufstrebenden Darsteller Ron Parker, war überzeugend. Parker stammte aus London und sprach englischen Akzent – wie es sicher auch der historische Arzt getan hatte.

Die Filmcrew hielt sich an den Zeitplan. Um kurz nach sechzehn Uhr begann man mit dem Abbau. Doktor Stradivaris Handy klingelte, es war Reuter.

„Sie haben alles verpasst", sagte der Doktor.

„Der Dienst geht vor", sagte der Hauptkommissar. „Ich könnte Ihre Hilfe gebrauchen. Es hat im Trubel einen Taschendiebstahl gegeben. Wir haben einen Verdächtigen, der aber behauptet, die Filmszene auch beobachtet zu haben. Wenn das stimmt, war er es nicht, denn die Tat fand etwa um zwanzig vor vier statt. Da waren die Filmleute noch dabei zu drehen."

„Ja, da hat Taylor gerade Bach behandelt", meinte der Doktor. „Wir schauen uns den Film dann gemeinsam an, wenn der im Kino oder im Fernsehen kommt."

Der Doktor traf Reuter in einer Nebenstraße an einem Streifenwagen. Der Verdächtige war ein unrasierter Mann um die dreißig. Stradivari hatte ihn unter den Schaulustigen nicht gesehen, aber das hieß natürlich nichts.

„Ich habe nichts gestohlen", sagte der Mann. „Ich war auch gar nicht hier, sondern vorne an der Absperrung. Sie sagen, der Diebstahl ist zwanzig vor vier passiert. Zu dem Zeitpunkt habe ich genau gesehen, wie dieser Arzt, dieser Taylor, Bach gerade den Zahn gezogen hat."

„Sie haben sich mit der Biografie des Komponisten befasst?", fragte der Doktor.

„Aber klar. So was interessiert mich. Und diese medizinischen Methoden von damals ... furchtbar."

Der Doktor wandte sich an Reuter. „Ich denke nicht, dass er unter den Menschen war, die die Filmszene beobachtet haben", sagte er.

Warum denkt Doktor Stradivari das?

Eine Flöte im Vorweihnachtstrubel

An diesem Tag hatte Hauptkommissar Reuter keine Morde oder andere schwere Verbrechen aufzuklären. Seine Aufgabe bestand darin, sich in der Innenstadt unter die weihnachtlich gestimmten Passanten zu mischen und nach Dieben Ausschau zu halten. Zum einen war zu dieser Zeit natürlich der Taschendiebstahl besonders verbreitet. Zum anderen wusste die Polizei, dass Einbrecherbanden Kundschafter in die Ladenmeilen schickten, die Schwachpunkte in den Geschäften entdecken sollten. In Ganovenkreisen konnte man mit solchen Tipps eine Menge Geld verdienen.

„Ich verstehe aber nicht so ganz, worum es dabei genau geht", fragte Doktor Stradivari, der Reuter begleitete. „Wie sehen Sie denn den Verdächtigen an, dass Sie verdächtig sind?"

Sie waren stehen geblieben, weil es durch das Gedränge einen regelrechten Stau gab. Ein Stück weiter stand mit dem Rücken zur rechten Fassade ein Musiker, der zu einer aus einem kleinen Lautsprecher dringenden Begleitung Flöte spielte. Stradivari erkannte das berühmte „Ave Maria", das der französische Komponist Charles Gounod als erhabene Melodie über ein Präludium von Bach gelegt hatte. Der Mann musizierte mit großem Ausdruck, sein Ton klang, als käme er von einem Profi. Reuter blieb stehen, bevor sie ihn passieren konnten. Das Rohr der Querflöte ragte ihnen entgegen. Der Musiker schien ganz und gar in sein Spiel versunken und unterstützte den Ausdruck des Stücks mit übertriebenen Körperbewegungen.

„Zum einen haben wir eine Datenbank mit potenziellen polizeibekannten Kandidaten, nach denen wir Ausschau halten können. Aber es wäre natürlich Zufall, wenn uns genau diese Personen in die Arme laufen würden. Es geht also auch darum, ein Gefühl zu entwickeln."

„Was denn für ein Gefühl?", fragte der Doktor.

Der Flötist, der mit seinem Instrument nur einen Meter von den beiden Männern entfernt war, hatte das „Ave Maria" beendet. In der kleinen Lautsprecherbox begann sofort das Nächste. Der „Reigen seliger Geister" von Gluck. Reuter und der Doktor mussten einen Schritt nach links gehen, denn der Mann schwenkte die Flöte im langsamen Dreivierteltakt so stark, dass sie ihnen fast in die Quere kam.

„Ein Gefühl, das man als Polizeibeamter in langen Jahren der Praxis bekommt", sagte der Hauptkommissar. „Man kann das nicht so einfach beschreiben. Man spürt eine Unstimmigkeit, und schon wird man aufmerksam."

„Meinen Sie so eine Unstimmigkeit wie dieser angebliche Musiker hier neben uns?", fragte Stradivari. „Ich weiß zwar nicht, ob er etwas Kriminelles vorhat. Aber in gewissem Sinne würde ich ihn schon als Betrüger bezeichnen."

Was meint Doktor Stradivari damit?

Fingerzeig eines Toten

Doktor Stradivari hörte nicht nur im Konzert oder in seinem bequemen Ohrensessel klassische Musik, sondern auch beim Frühstück. Ein heiterer Satz einer frühen Mozart-Sinfonie war ein wunderbarer Auftakt für den Tag. Manchmal, wenn es darum ging, Gedanken zu ordnen, kam auch eine Bach-Fuge infrage oder – wie heute – ein Streichquartett.

Aus den Boxen, die in seiner kleinen Küche standen, waren gerade die ersten Takte von Beethovens op. 18 Nr. 1 gedrungen, da klingelte das Telefon.

„Ich hoffe, Sie haben nichts weiter vor", sagte Reuter. Er war der Anrufer. „Wir haben einen Mord an einem bekannten Musikmanager. Vielleicht kennen Sie ihn. Sein Name ist Rupert Gerlach."

Und ob der Doktor ihn kannte! Gerlach vermittelte für eine ganze Reihe klassischer Musiker Auftritte. Sein Tod würde wahrscheinlich für ein Erdbeben in der Branche sorgen.

Der Hauptkommissar bat den Doktor, so schnell wie möglich zum Tatort zu kommen. Es war Gerlachs Privathaus, das in einer Nobelsiedlung am Stadtrand lag.

Stradivari bestellte ein Taxi. In den Minuten, bis der Fahrer bei ihm klingelte, trank er seinen Kaffee aus. Rupert Gerlach tot! Es war nicht zu glauben.

Eine halbe Stunde später kam der Doktor an der Adresse an. Das Haus war von Polizisten abgesperrt. Mittlerweile war Stradivari jedoch kein Unbekannter mehr. Die Beamten wussten, dass er mit Reuter zusammenarbeitete, und ließen ihn durch. Als er das Haus betreten wollte, kam der Kripo-Mann auf ihn zu.

„Danke, dass Sie gekommen sind", sagte er. „Bevor ich Ihnen da drin alles zeige, möchte ich Ihnen erklären, welche Erkenntnisse wir haben. Sie kannten Gerlach persönlich?"

Der Doktor schüttelte den Kopf. „Das wäre zu viel gesagt. Spielt das eine Rolle?"

„Wir haben herausgefunden, dass er seine Geschäfte nicht ganz korrekt geführt hat. Um es genauer zu sagen: Zwei der Künstler, die er vertritt, hat er finanziell betrogen. Laut Zeugen hat er gestern Abend Besuch gehabt. Es hat Streit gegeben. Das ist dann wohl eskaliert. Jemand hat Gerlach hinterrücks erschlagen. Es hat einen solchen Lärm gegeben, dass die Nachbarn herüberkamen, um zu schauen, was los war. Sie haben dann durchs Fenster den Getöteten sehen können. Der Notarzt konnte nur noch den Tod feststellen."

„Was für eine Art von Betrug war das genau?", wollte Stradivari wissen.

„Gerlach hat mehr Geld von Veranstaltern bekommen, als er seinen Künstlern gesagt hat. Er zwang sie, sich mit einer geringen Gage abzufinden, machte dann aber Sonderabsprachen, sodass er deutlich mehr bekam als seine Provision. Wir haben das nur so schnell rausfinden können, weil bei ihm ohnehin gerade eine Prüfung beim Finanzamt läuft."

„Und diese beiden, denen er Geld vorenthalten hat, sind verdächtig?"

„Sie haben kein Alibi. Der eine ist der Pianist Alfons Zidetzky. Der andere ist ein Opernsänger. Rafaelo Bianchi."

„Bianchi kenne ich", sagte der Doktor. „Er singt hier an der Oper gerade den Basilio in Mozarts ‚Figaro'. Soviel ich weiß, soll er dann in der nächsten Spielzeit in Hamburg bei der neuen Don-Giovanni-Inszenierung dabei sein. Und er hat einen Vertrag für den ‚Fidelio‘ in Berlin. Seine Karriere geht gerade richtig los."

„Sehr interessant", sagte Reuter. „Aber ich fürchte, diese Informationen sind nicht so wichtig für uns. Es gibt ein anderes Indiz, das wahrscheinlich einen direkten Hinweis auf den Täter gibt. Und zwar von Gerlach selbst. Und um es gleich zu sagen – es macht Zidetzky verdächtig."

Stradivari war gespannt. Sei gingen in das Haus. Im Wohnzimmer lag Gerlachs Leiche auf dem Bauch. Vor ihm auf dem Boden befand sich eine ausgebreitete Landkarte.

„Es ist eine Karte von Spanien", erklärte Reuter. „Wir haben rekonstruiert, was hier passiert sein muss. Der Täter ist geflohen. Gerlach war nicht sofort tot. Sehen Sie hier die Blutspur? Er konnte sich noch zum Tisch schleppen, wo offenbar die Karte lag. Er hat sie runtergerissen, hat den Arm ausgestreckt … Seine rechte Hand liegt dort, wo sich auf der Karte Madrid befindet. Dorthin wird Zidetzky nach Neujahr zu einer Tournee aufbrechen. Am 7. Januar spielt er dort Klaviersonaten von Beethoven. Wir glauben, dass Gerlach damit zeigen wollte, dass er ihn getötet hat."

Stradivari ging näher an den Toten heran. „Er hat den Zeigefinger ausgestreckt", stellte er fest. „Und der zeigt nach Südwesten … Sie haben recht. Er wollte uns damit vielleicht einen Hinweis geben. Aber ich glaube, dass Bianchi der Täter war."

Wieso glaubt Doktor Stradivari das?

Die doppelte Weihnachtsgeschichte

„Ich kann einfach nicht verstehen, warum ausgerechnet zur Weihnachtszeit so viele Kriminelle unterwegs sind", sagte Hauptkommissar Reuter und blätterte in einer Akte, die vor ihm auf dem Tisch lag.

„Wahrscheinlich liegt es nicht an Weihnachten", sagte Doktor Stradivari, der wieder einmal zu seinem Freund ins Präsidium gekommen war, „sondern eher an der Jahreszeit. Im Dunkeln und wenn bei schlechtem Wetter weniger Menschen unterwegs sind, können Ganoven eben besser ihrem zweifelhaften Geschäft nachgehen."

Reuter seufzte. „Sicher", meinte er. „Das weiß ich schon seit der Polizeischule. Aber es wäre eben schön, wenn sich die Besinnlichkeit dieser Zeit wenigstens ein bisschen auf alle auswirken würde. Klar, das ist ein frommer Wunsch und wahrscheinlich völlig naiv." Er seufzte ein zweites Mal.

„Was für einen Fall haben Sie denn da?", fragte der Doktor, der den Kripo-Mann auf andere Gedanken bringen wollte.

„Gestern Abend wurde in ein Musikgeschäft hier in der Stadt eingebrochen. Nicht besonders professionell, muss man sagen. Jemand hat im Hinterhof eine Scheibe eingeworfen und kam auf diese Weise hinein. Es wurden ein paar teure Dinge gestohlen. Aber vor allem Geld, das noch in der Kasse war."

Er drehte den Ordner um, und Stradivari konnte den Namen des Ladens lesen. Er kannte ihn. Es handelte sich um das Geschäft von Theo Adamek, der schon über siebzig war und es sich nie leisten konnte, in eine gute Alarmanlage zu investieren. Hoffentlich hatte er wenigstens eine vernünftige Versicherung.

Während Stradivari noch darüber nachdachte, klingelte Reuters Telefon. Der Hauptkommissar führte ein kurzes Gespräch. „Das war einer meiner Ermittler", sagte er dann zu Stradivari. „Er hat die Aufnahme einer Überwachungskamera besorgt. Vielleicht hilft sie uns weiter. Kommen Sie."

Gemeinsam gingen sie in das Büro der forensischen Abteilung, wo ein Kollege mit dicker Brille und kariertem Hemd hinter einem Monitor saß. Er erklärte, dass die Aufnahme von dem Juwelier nebenan stammte, der die Videokamera betrieb. Auf Reuters Aufforderung hin spielte er sie ab. Man sah, wie ein Mann aus der Einfahrt zu Adameks Hinterhof herausgerannt kam. Im Licht einer Straßenlampe blieb er kurz stehen und bückte sich, weil ihm etwas heruntergefallen war. In der einen Hand hatte er so etwas wie einen Rucksack. Er hob den Gegenstand auf und rannte weiter. Sein Gesicht war nicht zu erkennen.

„In dem Rucksack muss die Beute sein", sagte der Kollege mit der Brille. „Man sieht es nicht gut, aber in der anderen Hand hat er eine Mappe. In ihr hat das gesteckt, was er da in der Eile verloren hat."

„Aber was ist das?", fragte Doktor Stradivari. „Es sieht aus wie ein Heft ... Wenn man genau hinsieht, scheinen es Noten zu sein."

„Das kann ich noch mit digitaler Hilfe etwas verfeinern." Der Beamte markierte die Stelle mit der Computermaus, schnitt den Bereich aus und sorgte für deutlich bessere Schärfe.

„Sie hatten recht", sagte Reuter. „Es sind Noten. Noten wurden aber in dem Laden nicht gestohlen. Sie müssen also ihm gehören. Vielleicht ist der Mann Musiker."

„Eigentlich sind die Noten selbst schlecht zu erkennen", sagte der Doktor. „Der Text, der darunter steht, schon besser." Er las ihn vor: „Es begab sich aber zu derselbigen Zeit, dass ein Gebot vom Kaiser Augusto ausging ..."

„Das ist der Beginn des Evangelistenparts im ‚Weihnachtsoratorium'", sagte der Hauptkommissar. „Ich bin ja kein so großer Experte wie Sie, Herr Doktor, aber das kenne ich. Kommen Sie. Wir gehen in mein Büro zurück und überprüfen etwas."

Kurz darauf hatten sie herausgefunden, dass unmittelbar vor dem Einbruch zwei Konzerte zu Ende gegangen waren. In dem einen, das in der Heilig-Geist-Kirche stattgefunden hatte, waren die drei letzten Teile von Bachs Weihnachtsoratorium erklungen. In dem anderen hatte die „Weihnachtshistorie" von Heinrich Schütz auf dem Programm gestanden. Der berühmte Vorläufer von Bachs Werk war in der Marienkirche aufgeführt worden.

„Beide Kirchen liegen gleich weit von Adameks Laden entfernt", sagte Reuter. „Wenn es also stimmen sollte, dass der jeweilige Evangelisten-Tenor der Täter wäre, kommen beide infrage." Er schüttelte den Kopf. „Das ist ohnehin eine nicht sehr starke Indizienkette. Und wir wissen noch nicht mal, welchen von den beiden wir überprüfen müssen ..."

„Ich sehe das nicht so schwarz", sagte der Doktor. „Meiner Meinung nach ist schon klar, worauf wir uns konzentrieren müssen."

Was hat Doktor Stradivari herausgefunden?

Ein geheimnisvolles Geldversteck

„Darf ich vorstellen?", sagte Reuter zu Doktor Stradivari. „Das ist Frau Grasbichler. Vielleicht kennen Sie sie sogar. Sie ist sozusagen eine Kollegin von Ihnen."

Der Doktor hatte schon beim Betreten des Büros die junge Dame bemerkt, die auf dem Besucherstuhl saß.

„Ja", sagte er. „Ihr Name kommt mir bekannt vor. Schreiben Sie nicht immer diese informativen Einführungstexte für die Programmhefte der Sinfoniekonzerte? Aus ihnen habe sogar ich noch etwas lernen können, obwohl ich ja nun deutlich älter bin ...""

Die junge Dame, die etwa zwanzig Jahre alt war, bedankte sich für das Lob. Auch sie kannte Doktor Stradivari flüchtig. Nachdem die Begrüßungsfloskeln beendet waren, wandte sich der Doktor an den Hauptkommissar. „Frau Grasbichler ist aber doch nicht etwa wegen eines Verbrechens hier, oder etwa doch?"

„Ehrlich gesagt, wissen wir das noch nicht so genau", gab Reuter zurück. „Und wenn es der Fall sein sollte, kann ich Sie beruhigen. Sie wird bestenfalls die Rolle einer Zeugin einnehmen." Er lächelte der Besucherin zu. „Vielleicht könnten Sie ja dem Herrn Doktor noch einmal berichten, was Sie mir eben erzählt haben. Zum eigentlichen Punkt sind Sie ja auch noch nicht gekommen, oder? Sie haben gesagt, es ginge um Clara Schumann ...""

Frau Grasbichler nickte. „Ich bin in der Schlussphase meines Musikwissenschaftsstudiums und beschäftige mich mit berühmten Musikerinnen der Geschichte. Vor allem mit Clara Schumann, der Ehefrau von Robert Schumann. Sie war eine berühmte Pianistin und Komponistin, konnte sich aber als schöpferische Musikerin in der damals männlich dominierten Welt nicht durchsetzen. Man hat Frauen damals lieber an der Klaviertastatur betrachtet, als sich mit ihren geistigen Schöpfungen zu befassen."

Der Hauptkommissar nickte. „Darüber habe ich mit dem Doktor schon öfter gesprochen. Aber ging es in dem Sachverhalt, den Sie mir schilderten, nicht um Geld?"

„Ja, das auch", fuhr die junge Frau fort. „Ich habe ein altes Einfamilienhaus geerbt und habe mit den Planungen für die Modernisierungen begonnen. Dabei ist mir aufgefallen, dass man im Keller durch eine alte verrostete Tür zum Keller des Nachbargebäudes gelangen kann. Das ist eine alte Werkstatt, das Haus steht leer. Erst war mir gar nicht klar, wo ich da hingeraten bin. Und als ich da unterwegs war, sind mir Kisten aufgefallen, in denen größere Geldbeträge lagen. Bestimmt mehrere Tausend Euro. Es gibt dort keinen Strom, ich war mit der Taschenlampe unterwegs. Deren Schein fiel kurz auf ein kleines Bild von Clara Schumann. Ich habe dann Schritte gehört und bin schnell wieder in meinen Keller zurück. Ich weiß nicht, wem das Nachbarhaus gehört. Aber ich dachte, so ein Geldversteck ist vielleicht ein Hinweis auf eine Straftat. Oder habe ich etwas falsch gemacht?"

Reuter schüttelte den Kopf, bedankte sich bei Frau Grasbichler und brachte sie hinaus. Nach einigen Minuten kam er zurück.

„Vielleicht hat ein Musikliebhaber dort unten Geld und ein paar alte Bilder versteckt", überlegte Stradivari.

„Ich werde versuchen, mehr über das Gebäude herauszufinden", sagte Reuter. „Wenn Sie möchten, können wir uns nachher zum Mittagessen treffen. Vielleicht habe ich dann eine interessante Geschichte zu erzählen.

Später, in der Polizeikantine, stellte sich heraus, dass die Geschichte wirklich interessant war.

„Der Besitzer des Gebäudes ist über achtzig Jahre alt und lebt in Österreich", sagte Reuter. „Sein Name hat mich an etwas erinnert, und ich habe noch etwas nachgeforscht. Er ist mit einem Mann verwandt, der kurz vor der Jahrtausendwende in einen spektakulären Banküberfall verwickelt war. Er wurde auch bestraft, aber die Beute ist nie entdeckt worden. Er wurde 2006 wegen guter Führung frühzeitig aus der Haft entlassen, beging dann aber gleich den nächsten Überfall. Das nehmen wir zumindest an. Er gehörte zu den Verdächtigen, aber diesmal konnte man ihn nichts nachweisen."

„Und wo ist dieser Verdächtige heute?", fragte der Doktor. Reuter rührte nachdenklich in seiner Kaffeetasse. „Das wissen wir nicht. Leider haben wir auch keine Handhabe gegen ihn. Wir dürfen noch nicht mal in diesen Keller gehen und ihn überprüfen. Nur wenn es einen Hinweis darauf gibt, dass es sich bei dem Geld um Teile der Beute zumindest aus dem ersten Überfall handelt."

Stradivari war eine Idee gekommen. „Ich denke, so einen Hinweis gibt es", sagte er.

Welcher Gedanke ist Doktor Stradivari gekommen?

Die Frau am Klavier

Doktor Stradivari beschloss, wieder einmal das Museum zu besuchen. Er konnte sich gar nicht mehr daran erinnern, wann er das letzte Mal hier gewesen war. Es musste Jahre her sein. Wie er gelesen hatte, hatte es in dieser Zeit viele Neuzugänge in der Gemäldegalerie gegeben. Auf diese war der Doktor besonders gespannt.

Eine Stunde schlenderte er durch die Säle, bewunderte Landschaften mit Flüssen, alten Mühlen und dramatischen Gewitterhimmeln. Schließlich gelangte er in einen Raum, in dem nur Bilder gezeigt wurden, die etwas mit Musik zu tun hatten. Eines davon zeigte eine junge Frau, die in der typischen Mode des frühen 19. Jahrhunderts gekleidet war und an einem Klavier saß. Die Finger lagen auf den Tasten, aber sie hatte das Gesicht den Noten zugewandt, die auf dem Halter standen und die teilweise zu lesen waren. Der Maler hatte sie etwas verwischt dargestellt, zwei mit einer geschweiften Klammer verbundene Notensysteme, darüber eine dritte, dazwischen verschwamm alles. Immerhin gab es einige markante Notenköpfe.

„Ein sehr interessantes Bild, finden Sie nicht auch?"

Die Details des Gemäldes hatten den Doktor so sehr beschäftigt, dass er den Mann im grauen Anzug, der neben ihn getreten war, gar nicht bemerkt hatte. Bei der Ankunft des Doktors war der Saal noch leer gewesen.

„Musikthemen interessieren mich immer", sagte der Doktor und stellte sich vor. „Sie auch?"

Einer der blau uniformierten Aufseher sah von der gegenüberliegenden Seite herüber. Der Mann wandte sich ab und nickte. „Mein Name ist Professor Kauka, und ich berate das Museum gelegentlich bei Ankäufen. Dieses Bild erzählt eine ganze Geschichte. Es ist 1831 entstanden. Der Maler stammte aus Wien. Er ist nicht besonders bekannt geworden. Das Werk trägt den Titel ‚Frau am Klavier‘, und ich konnte herausfinden, dass es die Verlobte des Malers zeigt.“

„Ein sehr schönes Werk“, meinte Stradivari. „Aber ist das schon die ganze Geschichte?“

Der Mann sah kurz zu der Tür hinüber. „Nein“, fuhr er fort. „Es gibt noch was Interessanteres. Der Maler verkehrte in denselben Kreisen wie Ludwig van Beethoven, der ja nur vier Jahre vor der Entstehung des Bildes gestorben ist. Wenn Sie genau hinsehen, erkennen Sie, dass oben auf dem Klavier eine kleine Beethoven-Büste steht. Ich verfolge die Theorie, dass die Noten, die man hier ansatzweise erkennen kann, von Beethoven stammen. Ich habe das bereits einer groben Analyse unterzogen. Das Motiv, das im unteren System lesbar ist, kommt nirgendwo im Werk des Komponisten vor.“

„Ich verstehe“, sagte der Doktor. „Wenn Sie nachweisen können, dass die Verbindung des Künstlers zu Beethoven sehr eng war …“

„… dann könnte sich bei dem, was man hier auf dem Notenhalter sieht, um ein heute unbekanntes Klavierwerk Beethovens handeln, nach dem man dann gezielt suchen könnte.“

„Schade, dass man auf dem Bild nicht mehr erkennen kann“, sagte der Doktor. „Aber ich danke Ihnen für diese interessante Erkenntnis. Viele Menschen gehen an dem Bild vorbei, bewundern es, machen sich aber weiter keine Gedanken dazu.“

Auf der anderen Seite des Saales war der Aufseher verschwunden. Der Mann, der sich als Professor Kauka vorgestellt hatte, sah auf die Uhr. „Leider muss ich jetzt zu einem Termin. Einen schönen Tag wünsche ich."

Damit eilte er dem Ausgang zu.

Doktor Stradivari vertiefte sich noch ein wenig in die Szene auf dem Bild. Dass dieser Kauka nicht der große Gelehrte war, der er vorgab zu sein, war ihm schnell klar geworden. Umso mehr wunderte ihn, was sein eigenartiges Versteckspiel für einen Sinn gehabt hatte.

Zwei Stunden verbrachte der Doktor noch im Museum. Dann fuhr er nach Hause, wo es ihn an seinen Computer trieb. Zuerst versenkte er sich in die Digitalausgaben musikwissenschaftlicher Fachzeitschriften, in denen er sich über den Stand der aktuellen Beethoven-Forschung vertiefte. Es hatte in den letzten Jahren kaum bahnbrechende Neuentdeckungen gegeben.

Schließlich weitete er seine Computersuche auch auf Bilder in Museen aus. Und dabei sprang ihn ein recht aktueller Artikel an. In ganz Deutschland hatte es in den letzten Jahren immer wieder Bilderdiebstähle gegeben. Die Täter hatten vorher die Örtlichkeiten sehr genau ausgekundschaftet. Es gab sogar eine Personenbeschreibung, die – wenn auch vage – auf diesen angeblichen Professor passen könnte.

Zeit, Hauptkommissar Reuter zu benachrichtigen, dachte der Doktor.

Was hat Doktor Stradivari misstrauisch gemacht?

Schuberts Bekenntnis

„Hallo, lieber Doktor, wie geht's dir, altes Haus? Ich hoffe, es ist alles in Ordnung?"

Die Stimme, die aus dem Telefonhörer drang, stammte von Willibert von Falkenhagen, dem reichen Spross einer Adelsfamilie. Der Doktor kannte ihn seit den Tagen, als Willibert alle zwei Semester ein neues Studienfach begonnen hatte und für ein paar Monate auch in der Musikwissenschaft gelandet war. Dann hatte ihn das aber wieder gelangweilt, und irgendwann hatte er dann die Profession ergriffen, die am besten zu ihm passte. Er war von Beruf Sohn. Finanziell lohnte sich das ganz besonders, seit Willibalds Vater verstorben war und ein entsprechendes Erbe hinterlassen hatte.

Der Doktor gab sich ein paar Minuten dem Small Talk mit seinem ehemaligen Studienkollegen hin. Dann rückte Willibald endlich damit heraus, was er von Stradivari wollte.

„Wie du vielleicht weißt, investiere ich gerade in teure Handschriften", sagte er. „Und da könnte ich deinen Rat brauchen. Es geht um Noten."

Der Doktor hatte viel zu lange nichts mehr von Willibert gehört, um das zu wissen, aber er ging nicht darauf ein.

„Es geht um die Abschrift einer Messe von Franz Schubert", sprach von Falkenhagen weiter. „Sie wurde mir aus Asien angeboten. Keine Handschrift des Komponisten, das wäre viel zu teuer. Aber auch die Abschriften aus dem 19. Jahrhundert haben ja großen Wert."

Das wusste Stradivari natürlich. Und solche Dokumente gab es viele. Damals hatte es ja noch keinen Kopierer gegeben, und es wurde nicht alles sofort gedruckt.

„Ich will nur wissen, ob das, was mir angeboten wird, echt ist", fuhr Willibert fort. „Könntest du vielleicht mal einen Blick darauf werfen?"

„Welche Messe ist es denn?", fragte Stradivari.

„Ich habe sie hier als Computerausdruck. Am Anfang steht ein Kreuzvorzeichen ... Fis-Dur, oder?"

„G-Dur", berichtigte der Doktor. „Und jetzt mach bitte Folgendes. Lies mir den Text des Credo-Teils vor."

„Willst du nicht die Noten prüfen? Ich weiß ja nicht viel über so was, aber mir ist schon klar, dass in einer Messe der Text immer gleich ist. Mir gehts eher darum zu wissen, ob das wirklich Schuberts Werk ist, und ..."

„Vertrau mir", sagte der Doktor, der keine Lust hatte, den Tag mit einem Besuch bei Willibert zu verbringen.

Von Falkenhagen gehorchte. Sein Latein klang ziemlich ungeübt, aber verständlich: „... et unam sanctam catholicam et apostolicam ..."

„Ich muss mir das doch anschauen", sagte der Doktor dann. „Eins ist schon mal sicher: Mit dieser Handschrift stimmt etwas nicht."

Warum glaubt Doktor Stradivari das?

Mord nach der „Kreutzersonate"

„Wie oft hatten wir in Musikerkreisen eigentlich schon Mord aus Eifersucht?", fragte Hauptkommissar Reuter kopfschüttelnd. „Hundert Mal? Zweihundert Mal?"

Doktor Stradivari, der gerade im Polizeipräsidium erschienen war, wusste, dass der Kripo-Beamte keine wirkliche Antwort darauf erwartete. „Haben wir es also wieder mal mit diesem uralten Motiv zu tun?", stellte der Doktor eine Gegenfrage.

„Ich nehme es zumindest an. Unser neuestes Mordopfer war Musiklehrer, der nebenbei gerne zu Hause musizierte. Und als Partnerinnen bevorzugte er dabei junge Damen."

„Mit denen er wahrscheinlich nicht nur Musik machte", fügte der Doktor hinzu.

„Davon ist auszugehen." Reuter schilderte Doktor Stradivari, was er und seine Beamten bisher zusammengetragen hatten.

„Der Mann hieß Frank Nestelring. Er war Musiklehrer am Fontane-Gymnasium. Wir haben Zeugen aus der Nachbarschaft befragt. Bei ihm gingen immer wieder junge Frauen ein und aus. Gestern Abend hat er angeblich sogar mehrmals Besuch gehabt. Aus seinem Wohnzimmer drang immer wieder Musik. Er selbst spielte Klavier, die Damen verschiedene andere Instrumente, und er begleitete sie. Manchmal hörte man eine Violine, dann wieder eine Klarinette oder eine Flöte."

„Es waren aber doch nicht etwa Schülerinnen von ihm?",
fragte Doktor Stradivari.

„Wohl nicht", sagte der Hauptkommissar. „Seine Bekannt-
schaften machte er wohl eher an der Musikhochschule.
Außerdem dürfen wir nicht unterstellen, dass er mit jeder
seiner Musizierpartnerinnen eine Beziehung hatte. Was
allerdings wohl der Fall ist: Eine von ihnen war wohl die
Mörderin, und dabei könnte Eifersucht eine Rolle gespielt
haben."

„Also gut", sagte der Doktor. „Es wurden Frauen gesehen.
Eine von ihnen könnte die Mörderin sein. Kennt man denn
nicht den Namen der Verdächtigen?"

„Auch das nicht. Immerhin gibt es Beschreibungen, die
aber ziemlich vage sind. Dazu komme ich gleich." Reuter
nahm sich die Akte vor und blätterte darin. „Nestelring
kam gestern Abend gegen zweiundzwanzig Uhr ums Leben. Er wurde erstochen – und zwar mit einem Messer,
das aus seiner Küche stammt. Mir sieht das nach einer
Tat im Affekt aus, aber darum kümmern wir uns, wenn wir
wissen, wer es war. Um kurz vor halb zehn kamen aus dem
Haus die Klänge einer Sonate. Die Zeugin, die nebenan
wohnt, hat das Werk sogar erkannt. Es war die sogenannte
,Kreutzersonate' von Beethoven."

„Das ist ein sehr emotionales Werk", bestätigte der Doktor.
„Und es wurde schon einmal zum Auslöser eines Eifer-
suchtsdramas – allerdings literarisch, in einer Novelle von
Tolstoi."

Reuter sah verwirrt auf. „Tatsächlich? Na, wenn diese Musik eine solche Wirkung hat, könnte ja alles passen. Immerhin wurden nach zweiundzwanzig Uhr drei Frauen im
Umkreis von Nestelrings Haus gesehen. Wie gesagt, wir
haben hier vage Beschreibungen vorliegen ..."

„Die Damen hatten doch ihre Instrumente dabei", sagte

Doktor Stradivari. „Und wenn Sie wissen, welches Werk die Täterin mit Herrn Nestelring gespielt hat, müssen Sie doch nur die Zeugen fragen, welche ....“

„Ja, so schlau waren wir auch schon“, unterbrach ihn der Hauptkommissar. „Leider ist es nicht so einfach. Die Damen, die zu Nestelring wollten, kamen nicht alle zu Fuß. Oft fuhren sie mit dem Auto, und dann bogen sie in die Einfahrt zu einem Hof hinter seinem Haus ein. Die Musikinstrumente konnte also niemand sehen, sie waren im Kofferraum.“

„Was genau haben die Zeugen denn dann gesehen?“, wollte Doktor Stradivari wissen.

„Nur jeweils Frauen, die in einem Wagen saßen und vorbeifuhren. Zu verschiedenen Zeiten nach zweiundzwanzig Uhr. Niemand hat mitbekommen, wie einer der Wagen aus Nestelrings Einfahrt kam. Es könnten auch Frauen gewesen sein, die eben zufällig diese Straße entlangfuhren. Es ist schmal dort, und alle sind langsam gefahren.“

„Und in der Dunkelheit haben Zeugen die Gesichter gesehen?“

„Es gibt eine helle Straßenlaterne an einer Stelle, wo es um die Kurve geht. Daher konnten die Zeugen sehr gut die Köpfe bis zum Hals erkennen.“ Er blätterte wieder. „Ich kann Ihnen ja mal vorlesen, was wir haben. Eine Frau hatte einen Hut auf, eine andere hatte eine Art Feuermal an der linken Halsbeuge, die dritte hatte einen auffälligen glänzenden Ohrring, der im Licht der Lampe geblinkt haben soll ... Wie soll man daraus erkennen, welche von den dreien bei Nestelring war?“

„Sie sind zu pessimistisch“, sagte Stradivari. „Ich finde, in den Aussagen ist ein guter Hinweis enthalten.“

Was ist Doktor Stradivari aufgefallen?

Ein tausendjähriges Notenblatt

Doktor Stradivari liebte nicht nur den Klang klassischer Musik. Was er ebenfalls schätzte, war die wunderbare Ästhetik, die von dem Bild der Noten ausging. Die Schönheit von Partituren, vor allem, wenn sie handgeschrieben waren, schienen auf optische Weise etwas von der Wirkung der Musik zu vermitteln.

Ganz besonders hatten es ihm Handschriften aus der Frühzeit der Musikaufzeichnung angetan. Umso mehr freute er sich, dass es in einem der städtischen Museen gerade eine Ausstellung mit alten Notenmanuskripten gab. Die gezeigten Stücke stammten allesamt aus der Zeit von Guido von Arezzo, der um das Jahr 1000 herum als Mönch die Notenschrift mit entwickelt hatte.

Der Doktor war gerade vor dem Haupteingang des Museums angekommen, als er einen Streifenwagen vor dem Gebäude sah. Eine kleine Menschenmenge hatte sich angesammelt. Eine Angestellte, die vor der breiten Glastür stand, erklärte, dass die Ausstellung für heute leider geschlossen sei.

Neben dem Polizeiwagen tauchte plötzlich Hauptkommissar Reuter auf, der sich mit einem Mann im blauen Anzug unterhielt. Doktor Stradivari kannte ihn. Es war Doktor Lambrecht, der Direktor. Als Reuter Stradivari sah, winkte er ihn zu sich. Es hatte einen Diebstahl gegeben. Ein Notenblatt war gestohlen worden. Man hatte den Verlust kurz nach der Öffnung bemerkt.

„Es ist eine Katastrophe", seufzte Lambrecht. „Wir haben das Stück aus einer Sammlung in Italien ausgeliehen. Natürlich ist es versichert. Aber wie wollen Sie einen solchen Verlust mit Geld wiedergutmachen? Ein über tausend Jahre altes Notenblatt ... Hoffentlich finden Sie die Täter und können das Stück wiederbeschaffen ..."

Reuter versicherte, dass er alles in seiner Macht Stehende tun würde. Plötzlich klingelte sein Handy. Während er das Gespräch führte, sprach Stradivari noch kurz mit Lambrecht.

„Wie haben es die Täter geschafft hineinzukommen?", fragte er. „Sie haben doch sicher eine perfekte Alarmanlage."

„Das haben wir. Sie ist sogar gerade erneuert worden. Ich will ja niemanden so einfach beschuldigen, aber ich habe es dem Hauptkommissar schon gesagt: Ich kann mir nur vorstellen, dass jemand von der Firma, die die Anlage installiert hat, darin verwickelt ist. Sie haben ja dort alle Sicherheitscodes."

„Wir haben eine Spur", sagte Reuter, der sein Telefonat beendet hatte. Er bat Stradivari, ihn zu begleiten, und kurz darauf saßen sie in dem Streifenwagen, der sie in einen Vorort brachte.

„Die Kollegen sind auf Erwin Gerster gestoßen", berichtete der Hauptkommissar. „Er hat viele Verbindungen unter den einschlägigen Einbrechern der Stadt und hat auch selbst schon mal wegen Diebstahl im Gefängnis gesessen. Er behauptet, ein Bekannter von ihm namens Freddy Zäuner habe heute Nacht damit geprahlt, das Notenblatt gestohlen zu haben. Und er hat es ihm angeblich sogar gezeigt."

„Ist dieser Bekannte denn jemand, der etwas mit der Alarmanlagenfirma zu tun hat?"

„Das ermitteln meine Beamten gerade. Wir sollten aber Gerster genau auf den Zahn fühlen. Seit einiger Zeit neigt er dazu, mit seinen Aussagen kleine Konkurrenzkämpfe auszufechten. Er beschuldigt einfach andere aus der Unterwelt, um freie Bahn für seine eigenen Pläne zu haben. Es heißt, er wolle wieder eine Karriere als Einbrecher anfangen. Das können wir leider kaum verhindern, bevor wir ihn nicht bei etwas wirklich Strafbarem erwischen ..."

Im fünften Stock eines Wohnblocks, in den sie wegen des defekten Aufzugs zu Fuß steigen mussten, erwartete sie Gerster – ein kleiner untersetzter Glatzkopf mit brutalen Gesichtszügen.

Als er Reuter und den Doktor sah, funkelten seine Augen vor Ungeduld. „Was wollen Sie bei mir?", fragte er. „Nehmen Sie Freddy fest. Er hat die Noten geklaut. Ich hab sie gesehen. Und ich kenne mich mit den Sachen aus. Ich war mal Musiker, wissen Sie? Hab mal Saxofon in einer Band gespielt."

„Stimmt das?", fragte Stradivari den Hauptkommissar. Als dieser nickte, wandte er sich an Gerster. „Dann können Sie ja die Noten, die ihnen Herr Zäuner gezeigt hat, sicher beschreiben."

„Es war klar zu sehen, dass sie alt waren. Dieser Schmuck und all das." Er grinste. „Ansonsten waren es eben Noten. Violinschlüssel. Linien – fünf Stück. Die Melodie hab ich nicht erkannt. Das ist ja mittelalterlich. Die hatten damals sicher andere Songs ..."

„Ich glaube, wir können das hier abbrechen", sagte Stradivari. „Sie wollen Zäuner nur was in die Schuhe schieben."

Wie ist Doktor Stradivari darauf gekommen?

20

Bach in der Kritik

„Haben eigentlich Musikkritiker eine solche Macht über eine Karriere, dass sie einem von ihnen kritisierten Musiker ein Mordmotiv liefern können?" Reuter kratzte sich nachdenklich am Kopf.

„Ist das eine theoretische Frage oder haben wir einen Fall, in dem das eine Rolle spielt?", fragte der Doktor.

„Ein Kollege in Hamburg hat den Fall. Und mich interessiert es, weil ich immer wieder gerne etwas über die Welt der Musik erfahre."

Die beiden Herren saßen in einem Café in der Innenstadt und betrachteten durch das große Fenster den weihnachtlichen Trubel. Stradivari rührte in seiner Tasse. „Schildern Sie mir doch bitte mal den Sachverhalt. Dann kann ich Ihre Frage vielleicht beantworten."

„Ein Musikkritiker wurde ermordet aufgefunden. Er war auf einem Waldspaziergang gewesen. Der Kollege in Hamburg hat zwei Verdächtige. Der eine ist ein Nachbar, mit dem sich der Kritiker gerade eine harte juristische Auseinandersetzung liefert. Eine komplizierte Geschichte wegen irgendwelcher Mauern an der Grundstücksgrenze, deren Sanierung keine der beiden Parteien übernehmen will. Der andere ist ein junger Organist, der in Norddeutschland viele Konzerte gibt."

Doktor Stradivari trank einen Schluck Kaffee. „Ich verstehe. Dieser Organist wurde verrissen und könnte deshalb tatverdächtig sein. Was hat der Herr Kritiker denn geschrieben?"

„Noch gar nichts. Er bereitete den Artikel noch vor und hat Fragmente für die Kritik skizziert. Und zwar als Tonaufzeichnung mit seinem Handy. Der Organist hat in dem besagten Konzert Kompositionen von Bach gespielt. Und auf der Aufnahme sagt der Kritiker, dass das, was da zu hören war, kein Bach gewesen sei, und es sei auch eines Bach nicht würdig. Was ja vernichtend klingt. Der Organist hat den Kritiker am Tag nach dem Konzert besucht. Wahrscheinlich hat er dabei erfahren, dass bald alle Zeitungsleser von seinen angeblich schlechten Leistungen als Bach-Interpret erfahren würden. So könnte er dem Kritiker in den Wald gefolgt sein. Mit den tödlichen Folgen."

„Wissen Sie, was auf dem Programm des Konzertes stand?", fragte der Doktor.

Außer, dass es Werke von Bach waren, wusste Reuter nichts darüber. Aber mit ein wenig Recherche im Internet fanden sie es heraus. Es waren vier Orgelkonzerte mit den Bach-Werke-Nummern 593, 594, 595 und 596.

„In diesem Fall hatte der Musiker keine Motivation, den Kritiker zu ermorden", sagte Doktor Stradivari dann. „Und ich glaube auch nicht, dass er es getan hat. Schreiben Sie das Ihrem Kollegen in Hamburg. Mit einem schönen Gruß von mir."

Wie ist Doktor Stradivari darauf gekommen?

Ein verdächtiger Inselgruß

Die Frau, die in Hauptkommissar Reuters Büro stand, war wütend. „Ich hasse sie", rief sie immer wieder. „Sie können sich gar nicht vorstellen, wie sehr. Dass mein Bruder auf so eine Schwindlerin reinfallen musste. Wo er doch so ein intelligenter Mensch ist."

„Beruhigen Sie sich bitte, Frau Scharrenbach", rief der Hauptkommissar. „Es hat doch keinen Sinn, sich so aufzuregen. Schauen Sie", fuhr er fort, „ich habe sogar extra Herrn Doktor Stradivari kommen lassen, damit wir uns gemeinsam Ihres Falles annehmen können ..."

Stradivari, der leise in das Büro gekommen war, begrüßte die Dame ebenfalls. Reuter bot ihr einen Kaffee an. Langsam kam sie zur Ruhe. „Es ist schon Wahnsinn, wohin einen blinde Liebe führen kann", sagte sie, während sie in ihre Tasse blickte.

„Worum geht es denn nun genau?", fragte Doktor Stradivari.

„Mein Bruder ist ein bekannter Musikwissenschaftler", sagte sie. „Und ..."

„Entschuldigen Sie", unterbrach sie der Doktor. „Sie heißen Scharrenbach? Ist Ihr Bruder Isidor Scharrenbach? Ich habe sein großartiges Buch über Chopin gelesen."

Jetzt war der Ärger völlig verflogen, und sie lächelte. „Das kennen Sie? Ich dachte immer, diese Sachen wären so speziell, dass sich kaum jemand dafür interessiert ... Ich verstehe jedenfalls nichts davon. Ja, richtig, das ist mein Bruder.

Er hört den ganzen Tag diese Musik. Vor allem haben es ihm diese 24 Stücke angetan, diese ..." Sie stockte.

„Sie meinen die ‚Préludes'", bestätigte Stradivari.

„Ja, genau. Jetzt hat sein Interesse jedenfalls gewechselt. Mein Bruder hat seit einiger Zeit eine Freundin, die sich total an ihn rangeschmissen hat und ständig mit seinem Geld um sich wirft. Vor zwei Monaten ist sie sogar zu ihm in sein Haus gezogen. Gestern wollte ich zu ihm, und da war er nicht zu Hause. Sie aber schon. Und sie hatte einen jungen Mann zu Besuch. Der Porsche, der in der Einfahrt stand, gehörte wahrscheinlich ihm. Als ich meinen Bruder sprechen wollte, gab es einen Riesenstreit. Sie behauptete, es ginge mich nichts an, wo er sei, und sie hat mich rausgeworfen. Ich habe versucht, Isidor auf dem Handy zu erreichen, aber er hat es ständig ausgeschaltet. Ich sage Ihnen, da stimmt was nicht. Er ist verschwunden, und diese Frau hat was damit zu tun, da bin ich ganz sicher. Der Typ, mit dem sie unter einer Decke steckt, sicher auch."

„Es gibt also keinen Hinweis auf einen Termin Ihres Bruders, der seine Abwesenheit begründen könnte?", fragte Reuter. „Ein Urlaub, ein wissenschaftlicher Kongress oder so etwas?"

„Nichts dergleichen. Ich habe vor zehn Tagen das letzte Mal mit ihm telefoniert, und er hat nichts in dieser Richtung erwähnt."

Reuter entschied, Scharrenbachs Freundin mit dem Doktor einen Besuch abzustatten. Es stand kein Porsche vor der Tür. Unter der Klingel stand auf einem Messingschild der Name des Gesuchten. Darunter war ein zweiter eingraviert: Roswitha Grafenberg. Die Dame, die öffnete, war dick geschminkt und trug einen rosafarbenen Morgenmantel. Ein schwerer Parfümduft ging von ihr aus. Während Reuter sich und Doktor Stradivari kurz vorstellte, lag ein breites Lächeln auf ihren rot geschminkten Lippen. Es brach zusammen, als der Hauptkommissar nach Isidor Scharrenbach fragte.

„Hat Sie diese Hexe hergeschickt?", schimpfte sie. „Sie kann es nicht lassen. Hören Sie, Isidor genießt sein Leben, aber das kann seine Schwester, diese eingetrocknete Mumie, wohl einfach nicht ertragen."

„Können wir uns vielleicht drinnen weiter unterhalten?", fragte Reuter. „Es muss sicher nicht sein, dass die Nachbarn alles mitbekommen."

„Mir sind die Nachbarn völlig gleich. Aber kommen Sie nur herein, dann kann ich Ihnen auch beweisen, dass es Isidor wirklich gut geht. Hier schauen Sie."

Im Wohnzimmer beherrschte ein Flügel den Raum. An der Wand hing ein Bild, das Chopin zeigte. Frau Grafenberg nahm etwas von einem Tischchen. Es war eine Postkarte. „Isidor besucht die Insel, wo Chopin seine Préludes komponiert hat", sagte sie. „Er verbindet Forschung mit ein bisschen Urlaub."

Auf der Ansichtskarte sah man blaues Meer und einen Strand. Der Text war in Blockbuchstaben geschrieben: Ich bin glücklich, auf den Atlantik zu schauen wie Chopin, als er hier war. Die Karte trug eine spanische Briefmarke.

Doktor Stradivari nickte Reuter zu. Er versuchte, ihm begreiflich zu machen, dass hier tatsächlich etwas oberfaul war.

Wie ist Doktor Stradivari darauf gekommen?

Der Dieb aus dem Orchester

„Sind Sie sicher?", fragte Hauptkommissar Reuter am Telefon. „Wenn Sie sich nicht sicher sind, können wir nicht ... Also gut, ja, ich verstehe."

Er legte auf und sah Doktor Stradivari an. „Sie erinnern sich doch an den Diebstahl gestern?", sagte er. „Jemand hat ausgenutzt, dass ein Wagen in einer dunklen Seitenstraße nicht verschlossen war, und eine Tasche mit Wertgegenständen gestohlen. Nun suchen meine Ermittler nach Zeugen."

„Und jetzt haben sie einen gefunden?", vermutete Stradivari.

„Eine Passantin kann den Täter genau beschreiben. Sie behauptet sogar zu wissen, wer es ist. Sie hat ihn auf einem Foto gesehen."

„Was für ein Foto denn?"

„Warten Sie." Reuter weckte seinen Rechner aus dem Ruhezustand. Dann suchte er etwas im Internet. Schließlich zeigte er dem Doktor ein Foto eines Sinfonieorchesters, das gerade ein Konzert spielte.

Stradivari erkannte den städtischen Musikverein. „Das ist ein Amateurorchester, aber auf sehr hohem Niveau", sagte er. „Ich habe schon viele seiner Konzerte besucht."

„Die Zeugin hat den ersten Geiger wiedererkannt", sagte Reuter. Er deutete auf einen jungen Mann am dritten Pult. „Diesen Herrn hier will sie gesehen haben, wie er sich an dem Auto zu schaffen machte. Wie wir aus anderen

Fällen wissen, sind Musiker ebenso wenig davor gefeit, zu Kriminellen zu werden, wie andere Menschen. Ich denke, wir werden den Mann mal überprüfen."

Stradivari traf den Hauptkommissar am frühen Abend wieder. „Was haben denn Ihre Ermittlungen ergeben?", fragte er, während sie durch die Stadt schlenderten.

„Um es ganz kurz zu machen – nichts. Der Mann heißt Timo Groß und studiert Betriebswirtschaft. Das Geigenspiel ist sein Hobby. Er war noch nie straffällig, hat allerdings Schulden."

„Haben Sie mit ihm gesprochen?"

„Wir haben erst einmal im Verborgenen nachgeforscht. Leider gibt es keine andere Spur."

„Ich denke, Sie sollten mit ihm sprechen", schlug der Doktor vor. „Wir sind doch hier ganz in der Nähe der Musikschule. Soviel ich weiß, probt das Orchester in der Aula gerade für die nächsten Konzerte. Wie wär's, wenn wir da mal vorbeischauen? Dann können wir alles klären."

„Woher kennen Sie denn so genau die Probentermine?", fragte Reuter verwundert.

„Ich ermittle eben auch ganz gerne", sagte Stradivari lächelnd. „Und dabei habe ich übrigens herausgefunden, dass das Orchester gerade probte, als der Diebstahl geschah."

„Dann ist Herr Groß ja auf jeden Fall unschuldig. Oder er hat die Probe geschwänzt ..."

„Es gibt da mehrere Möglichkeiten", sagte Stradivari.

Im Probenraum war gerade Pause. Die Notenpulte und die Stühle waren verwaist. Auf manchen Sitzflächen lagen Instrumente. Die Musikerinnen und Musiker hielten sich in kleinen Grüppchen abseits auf und unterhielten sich. Manche waren auch in den kleinen Hof gegangen, den man über einen Hinterausgang erreichte.

Am Dirigentenpult stand eine Frau von Mitte dreißig mit Pferdeschwanz und Brille und blätterte stirnrunzelnd in einer Partitur. Stradivari erkannte sofort, dass es sich um das „Deutsche Requiem" von Johannes Brahms handelte.

„Das ist die Dirigentin Susanne Kruse. Lassen Sie mich bitte mit ihr sprechen", sage Stradivari leise zu Reuter. Dann gingen sie auf Frau Kruse zu. Sie bemerkte sie und lächelte. „Herr Doktor Stradivari", sagte sie erfreut. „Was verschafft mir denn diese Ehre? Möchten Sie uns beim Proben zuhören? Ich muss leider sagen, dass es noch nicht so gut läuft. Na ja, wir haben ja auch noch ein bisschen Zeit. Im Moment nehmen wir uns die Orchesterstellen vor. Der Chor kommt erst nach Weihnachten dazu ..."
Stradivari begrüßte Frau Kruse ebenfallen, stellte Reuter neutral als einen Freund vor und begann sich mit der Dirigentin über die bevorstehenden Konzertprogramme zu unterhalten. „Sie spielen im Februar ja nicht nur das Requiem, sondern auch die Orchesterserenade Nr. 2", sagte der Doktor. „Ein nicht gerade oft zu hörendes Werk ... Proben Sie das auch gerade? Gestern zum Beispiel?"
Frau Kruse nickte. „Ja, wir müssen die Probenzeit zeitlich sehr klug nutzen, daher haben wir gestern den ersten Teil des Requiems und den ersten Satz der Serenade geprobt. Wieso fragen Sie?"
Der Doktor wandte sich an den Hauptkommissar. „Sagen Sie es ihr bitte, Herr Reuter. Wir sollten jetzt offiziell werden. Herr Groß ist tatsächlich verdächtig."

Warum glaubt Doktor Stradivari das?

Geheimnisvoller Verdi

„Ich lade Sie zu einem Glühwein ein", sagte Hauptkommissar Reuter. „Oder möchten Sie lieber etwas anderes?" Er deutete auf den mit Tannenbäumen und leuchtenden Lampen geschmückten Bretterzaun, der den Weihnachtsmarkt auf dem Zentralplatz einfasste. Der Klang von Weihnachtsliedern in Pop-Arrangements wehte herüber, begleitet vom typischen Duft nach Gebratenem. Eigentlich kannten sich Reuter und Stradivari lange genug, dass der Hauptkommissar über die Abneigung des Doktors gegen diese Art von vorweihnachtlicher Unterhaltung informiert gewesen sein musste. Aber aus der Einladung wurde ohnehin nichts. Vor einem Stand, an dem Weihnachtsschmuck verkauft wurde, befragten zwei uniformierte Polizisten einen rothaarigen, kleinen Mann. „Entschuldigung", sagte Reuter. „Darum muss ich mich kümmern." Er fragte die Beamten, was hier los war.

„Das Übliche", sagte einer der Kollegen. „Ein Taschendiebstahl. Leider nichts Ungewöhnliches an diesen Abenden."

„Mir wurde die Aktentasche aus den Händen gerissen", sagte der Mann. „Ich habe noch versucht, den Täter zu verfolgen, aber er war schneller."

„War etwas Wertvolles darin?", fragte Stradivari.

Der Mann hob die Augenbrauen. „Wie man es nimmt. Etwas Geld. Meine Busfahrkarte. Und eine Chorpartitur. Eine ziemlich teure Ausgabe. Schön in Leinen gebunden. Ich singe im Domchor, wissen Sie, und wir hatten heute Probe."

„Überall wird geprobt", sagte der Doktor.

Reuter nickte. Sie kamen ja gerade von der Probe des Orchestervereins, bei der sie ebenfalls in einem Diebstahlfall ermittelt hatten.

Sie unterhielten sich noch eine Weile mit dem Bestohlenen. Immerhin konnte der Mann den Täter einigermaßen gut beschreiben. Und da die Sache auf dem Weihnachtsmarkt stattgefunden hatte, gab es eine ganze Reihe von weiteren Zeugen, die die Beschreibung vervollständigen konnten.

Reuter erklärte, dass es vielleicht eine Möglichkeit gab, den Täter zu finden. Während er telefonierte, sprach Stradivari weiter mit dem Sänger. Wie alle Mitglieder des Domchores war auch er kein Profi. Er arbeitete hauptberuflich bei der Stadtverwaltung. „Sie glauben gar nicht, was das für ein herrliches Gefühl ist, mit den anderen Stimmen zu einem Ganzen zu verschmelzen. Und die Werke, die wir singen, sind wirklich interessant. Im Moment üben wir gerade die geistlichen Stücke von Giuseppe Verdi. Kaum jemand weiß ja, dass er nicht nur Opern komponiert hat, sondern auch so manches andere."

„Ja, und gerade in diesen geistlichen Stücken beweist er ja große kontrapunktische Fähigkeiten", sagte Stradivari. „Besonders im ersten der Stücke."

„Nun ist meine Partitur leider weg, und ich muss mir eine neue kaufen."

„Vielleicht hat der Hauptkommissar ja eine Spur", sagte Stradivari tröstend.

Und die gab es tatsächlich. Reuter hatte sich bei den Kollegen nach den einschlägigen Hehlern in der Stadt erkundigt. Normalerweise wurden alle gestohlenen Dinge gleich zu Geld gemacht. Wertlose Dinge wurden weggeworfen. So eine Partitur konnte einen Dieb jedoch dazu verleiten, sie irgendwo anzubieten.

Zwei Tage später hatte Reuter einen Hinweis. Er holte den Doktor zu Hause ab. „Wir fahren zu Basti Schlömer", sagte er. „Bei ihm ist eine leinengebundene Partitur dieser geistlichen Stücke von Verdi aufgetaucht. Wenn wir ihn dazu bekommen, den Namen des Verkäufers zu nennen, haben wir den Täter."

„Und wer ist dieser Schlömer?", fragte Stradivari.

„Leider ein ziemlich gerissener Bursche. Er handelt mit Büchern. Sein Antiquariat ist eine wahre Fundgrube. Leider ist vieles gestohlen, was wir ihm aber kaum nachweisen können …"

Jeder Zentimeter des Ladens war von Büchern bedeckt. Sie stapelten sich auf Tischen, die man umrunden musste, und häuften sich an den Wänden und in den Ecken. Über allem lag ein staubiger Geruch. Schlömer war ein kleiner Glatzkopf in grauer Strickjacke. Stradivari fragte ihn gleich nach der Verdi-Partitur. Kurz darauf legte der Antiquar sie auf den Ladentisch.

„Es ist mein eigenes Exemplar", behauptete Schlömer, nachdem Reuter ihn mit dem Diebstahl konfrontiert hatte. „Ich war früher selbst Hobbysänger."

„Und Sie haben diese Stücke hier gesungen?", fragte Stradivari.

„Allerdings. Den Bass. Vor allem das erste Stück hat es mir angetan. Klassischer Kontrapunkt. Ganz sparsam, in herrlichem, reinem C-Dur. Sie sehen, ich kenne mich aus. Diese Noten hier stammen aus keinem Diebstahl. Es sind meine eigenen. Sie können sie aber gerne kaufen."

„Ich denke, Sie binden uns hier einen Bären auf", sagte Doktor Stradivari.

Was hat Schlömer verdächtig gemacht?

Der kriminelle Adventskalender

Es war der Vormittag des 24. Dezembers. Doktor Stradivari hatte ein Geschenk unter dem Arm, das er Hauptkommissar Reuter bringen wollte. Es war ein Buch über die Hintergründe der bekanntesten Klassik-Werke. Als er am Büro des Hauptkommissars klopfte, kam keine Antwort. Ein uniformierter Kollege kam zufällig über den Gang. „Wenn Sie Herrn Reuter suchen – den finden Sie in der Forensik", sagte er.

Im Kellergeschoss des Präsidiums befanden sich die Labore. Reuter stand zwischen all den elektronischen Geräten und sprach gerade eifrig mit mehreren Kollegen.

„Herr Doktor", rief er, als er Stradivari sah. „Ich wollte Sie gerade anrufen. Leider können wir noch keine Weihnachtsferien machen. Wir haben einen dringenden Fall zu lösen."

„Eigentlich bin ich nur hier, um das hier abzugeben und Ihnen frohe Weihnachten zu wünschen", sagte der Doktor. „Ich will Sie auf keinen Fall stören."

Plötzlich meldete sich eine junge Beamtin, die an einem Computer saß. Sie gab über die Tastatur etwas ein. Auf dem Monitor waren aber nur für Laien unverständliche Zeichen zu sehen. „Flöte", sagte sie und tippte weiter. „Violine. Becken. Bass." Sie tippte schneller. „Trompete." Sie seufzte. „Mehr kriege ich im Moment nicht."

„Was ist denn hier los?", fragte der Doktor. „Ist das ein Spiel?"

„Es ist leider sehr ernst", sagte Reuter. „Und vielleicht können Sie uns sogar helfen." Er wandte sich an die Kollegin. „Bitte versuchen Sie es weiter. Sie wissen, uns läuft die Zeit davon."

Die Beamtin nickte und tippte weiter. „Posaune", sagte sie dann, hielt aber inne. „Mist, schon fast zwölf Uhr, und wir haben nicht mal die Hälfte ..."

Reuter ging mit dem Doktor in einen Besprechungsraum. „Eigentlich dachte ich, Adventskalender wären nur etwas für Kinder oder wenn Sie schon für Erwachsene sind, einfach nur ein netter Spaß für die Adventszeit. Ich hätte nie gedacht, dass auch Kriminelle mit so etwas arbeiten. Und dann auch noch mit digitalen Methoden ..."

Der Doktor legte das Geschenk auf den Tisch. „Leider verstehe ich immer noch nichts."

„Danke sehr", sagte Reuter. „Ich werde es heute Abend auspacken."

Dann begann er mit seiner Erklärung.

Die Polizei war einem Verbrecherring auf die Spur gekommen, dessen Raffinesse unter anderem darin bestand, dass die Informationen über bevorstehende Einbrüche an die Mitglieder über das Internet weitergegeben wurden. Der Treffpunkt im Netz war eine völlig harmlos erscheinende Seite, die wie ein Adventskalender aussah. Es gab 24 Türchen, die man am entsprechenden Tag anklicken konnte. Dann öffnete sich ein Fenster mit Ort, Zeit und allen wichtigen Umständen eines Einbruchs, Überfalls oder Diebstahls. Jeden Tag eine neue Straftat – und der Austausch geschah ohne persönliches Treffen, ohne Mail oder Telefonat.

„Dann können Sie ja daraus ersehen, wo heute die nächste Straftat stattfindet – wenn es nicht schon zu spät ist", sagte Doktor Stradivari.

Der Hauptkommissar schüttelte den Kopf. „So einfach ist es nun auch wieder nicht. Man braucht für jedes Türchen ein Passwort. Und zwar jedes Mal ein anderes. Wir müssen also das Passwort von heute knacken, um an die aktuellen Informationen zu kommen. Die Kollegin, die dort drüben am Computer sitzt, kümmert sich darum. Sie hat schon einige der Codes der vergangenen Tage herausgefunden. Leider fehlt uns der für den 24. noch immer. Wir gehen davon aus, dass die geplante Straftat am Nachmittag oder am Abend stattfindet. Bis dahin müssen wir wissen, was die Ganoven vorhaben, dann können wir ihnen zuvorkommen."

„Die Begriffe, die sie gerufen hat – waren das mögliche Passwörter?", fragte der Doktor.

„Genau. Offenbar hat die Bande ein Faible für Musik ..."
Eine Stunde später war das Team weitergekommen. 23 Passwörter lagen vor. Das 24. fehlte noch immer. Stradivari stand neben der Kollegin am Computer und las die 23 in der Kalenderreihenfolge von einer Liste ab: Flöte, Laute, Bass, Violine, Tenor, Becken, Harfe, Trommel, Gitarre, Tuba, Oboe, Pauke, Triangel, Alt, Mandoline, Kontrabass, Viola, Klarinette, Violoncello, Trompete, Horn, Fagott, Posaune.

„Was könnte das 24. sein?", überlegte Reuter. „Wir haben schon Verschiedenes versucht. Klavier. Akkordeon. Saxofon. Alles falsch."

Stradivari bückte sich. „Darf ich?", fragte er. Er klickte auf die 24 und gab ein Wort ein. Das Türchen öffnete sich.

Wie lautete das Passwort?

Lösungen

In den „Mysteriensonaten" (auch „Rosenkranzsonaten" genannt) verlangte Heinrich Ignaz Franz von Biber, dass die Saiten der Violine auf eine unübliche Stimmung gebracht werden (Skordatur). In der dritten Sonate stehen die beiden hohen Saiten im Abstand einer kleinen Terz, was an einen Kuckucksruf erinnert. Es handelt sich also um das gestohlene Instrument.

Nach Reuters Angaben könnte man glauben, Christiane Gellermann habe keine Zeit gehabt, Weberns Opus 27 aufzunehmen und trotzdem zur fraglichen Zeit im Hotel zu sein. Aber Weberns Werk dauert nur etwa fünf Minuten.

Puccinis „Messa di Gloria" verbindet tatsächlich den Opernstil mit Kirchenmusik. Insofern zeigt sich Lautenbecker als Kenner. Als solcher hätte er jedoch wissen müssen, dass es den angebotenen Brief nicht geben kann. Puccini starb vor Vollendung der Oper „Turandot", die 1926 in Mailand nur als Torso zu hören war.

Allegra hat die Szene der Uraufführung der berühmten Mozart-Oper so beschrieben, dass alles stimmig war: Das Ereignis fand tatsächlich in Prag statt und Mozart dirigierte selbst. Historisch unkorrekt ist die Beschreibung der Flöten im Orchester. Sie konnten nicht „glänzen", da sie noch aus Holz gefertigt waren. Metallflöten gibt es erst seit dem 19. Jahrhundert.

Ein „Wolf" ist ein akustisches Phänomen, das besonders oft bei Violoncelli vorkommt. Durch Resonanzeffekte klingt ein bestimmter „Wolfston" matt und farblos. Abhilfe schafft eine kleine, auf den Saiten anzubringende Metallhülse, der sogenannte „Wolftöter". Genau das war wohl der Gegenstand von Bergers Telefonaten. Er hatte gar nicht die Absicht, das geschützte Raubtier umzubringen.

Das Lied, das wir unter dem Titel „O du fröhliche" als berühmtes Weihnachtslied kennen, beruht auf einem älteren Marienlied namens „O sanctissima". Beethoven hat es für die Besetzung von zwei Sopranstimmen, einer Bassstimme, Violoncello und Klavier bearbeitet. Eine weitere Version (für Männerchor) stammt übrigens von Joseph Haydn.

Es steht der Verdacht des Versicherungsbetruges im Raum. Die Noten, die sich in Theodora Dormann-Gastners Haus als Dekoration finden, sind die Töne D und G, die auch am Beginn der Violinstimme in Saint-Saëns' Werk und für die Anfangsbuchstaben des Namens der Mäzenin stehen. Sie könnte also selbst die Verkäuferin des Tickets gewesen sein und den Einbruch nur vorgetäuscht haben.

Theo Schimmel singt zwar „Das Wandern ist des Müllers Lust", allerdings hat der Text gerade dieses Liedes mehrere Vertonungen erfahren. An der Art, wie die erste Textzeile wiederholt wird und wie die Silben auf die Noten verteilt wurden, zeigt sich, dass Schimmel nicht die Melodie von Schubert zum Besten gibt, sondern die berühmtere von Carl Friedrich Zöllner (1800–1860). Somit ist er nicht entlastet.

Das Foto muss eine Fälschung sein, und das ist auch ohne technische Überprüfung leicht zu erkennen. Das Wiener

Neujahrskonzert des 1. Januar 2021 fand wegen der Corona-Pandemie ohne Publikum statt. Riccardo Muti dirigierte die Wiener Philharmoniker vor leerem Saal. Hirsenbrunner konnte also nicht dort gewesen sein.

Wie der Doktor dem Hauptkommissar erklärte, werden die Kinder Hänsel und Gretel in der Oper in den allermeisten Fällen von Erwachsenen verkörpert. Die Partie des Hänsel, die für eine Mezzosopranstimme komponiert ist, übernimmt dann eine Frau, deren Name natürlich auf dem Plakat gestanden hatte. Die unbekannte Dame hat die Oper nicht besucht, und eine Autogrammjägerin ist sie ganz sicher auch nicht.

Vom 4. bis zum 7. April 1750 weilte der englische Arzt John Taylor in Leipzig, und einer seiner heute noch berühmtesten Patienten war Johann Sebastian Bach. Allerdings war Taylor kein Zahnarzt, wie der Verdächtige sagt. Wenn er die Szene wirklich verfolgt hätte, dann wüsste er, dass Bach einer Augenoperation unterzogen wurde. Der Komponist litt an grauem Star, den allerdings auch Taylor nicht heilen konnte.

Der Straßenmusiker scheint in sein Spiel vertieft, aber seine Töne kommen mitsamt der Begleitung aus dem Lautsprecher. Nur so kann seine Musik wie die eines Profis klingen. Das Indiz dafür ist, dass er die Flöte falsch herum hält. Das Instrument ragt nach links statt nach rechts.

Gerlach hat zwar die Hand auf die Stelle gelegt, wo sich auf der Spanienkarte Madrid befindet. Sein Finger zeigt jedoch nach Südwesten, wo die Stadt Sevilla liegt. Sie ist Schauplatz der drei genannten Opern, mit denen sich der Tenor Rafaelo Bianchi derzeit beschäftigt.

In beiden Werken hebt nach dem Eingangschor ein Tenor in der Rolle des Evangelisten mit der berühmten Weihnachtserzählung an, die jedoch nicht wörtlich gleich ist. Bei Bach lauten die Worte: „Es begab sich aber zu der Zeit, dass ein Gebot vom Kaiser Augusto ausging ..." , bei Schütz: „Es begab sich aber zu derselbigen Zeit ..." Schon das deutet darauf hin, dass der Verdächtige bei der Schütz-Aufführung mitwirkte. Hinzu kommt, dass in der Heilig-Geist-Kirche der Beginn gar nicht erklang, da die Teile 3 bis 6 gespielt wurden.

Das Bild von Clara Schumann, das Frau Grasbichler kurz gesehen hat, könnte Teil der Beute des Überfalls aus den Neunzigerjahren sein. Damals gab es den Euro noch nicht, und den 100-DM-Schein schmückte Clara Schumanns Konterfei. Frau Grasbichler ist dieser Zusammenhang nicht aufgefallen, weil sie bei der Euro-Einführung noch gar nicht auf der Welt war.

Professor Kaukas angeblich erforschte Geschichte des Bildes kann nicht stimmen. Die Zusammensetzung der Notensysteme zeigt, dass es sich bei der Komposition um ein Gesangsstück und kein Klavierwerk handelt. Die Frau auf dem Bild wird sich wohl selbst beim Singen am Klavier begleiten.

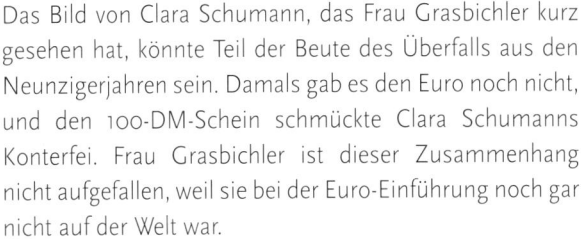

Franz Schubert hat in seinen sechs lateinischen Messen den liturgischen Text vertont, wie es das katholische Ordinarium verlangt. Im „Credo" ließ er jedoch stets das Bekenntnis zur „einen, heiligen katholischen und apostolischen Kirche" („unam sanctam catholicam et apostolicam ecclesiam") weg. Warum, ist unbekannt. Eine Schubert-Messe ist stets daran erkennbar. Diese Worte kommen in Willibert von Falkenhagens Handschrift aber vor.

Beethovens „Kreutzersonate" ist eine Sonate für Violine und Klavier. Wer viel Geige spielt, bekommt mit der Zeit einen sogenannten „Geigerfleck" an der Halsbeuge, der übrigens zu einem Ekzem werden kann. Dies könnte das „Feuermal" gewesen sein, das ein Zeuge gesehen haben will. Die als zweite genannte Autofahrerin wäre also verdächtig.

Zu Guido von Arezzos Zeit gab es noch keinen Violinschlüssel, und die Notensysteme hatten auch noch keine fünf Linien, sondern nur drei oder vier.

Bei den genannten Werken handelt es sich nicht um Originalkompositionen, sondern um Bearbeitungen von Instrumentalkonzerten, die Bach auf die Orgel übertragen hat. Die Originale stammen von Antonio Vivaldi und Bachs Weimarer Schüler Johann Ernst von Sachsen-Weimar. Offenbar wollte der Kritiker das zum Ausdruck bringen und nicht das Spiel des Organisten kritisieren.

Dass ein Chopin-Forscher die Insel besucht, wo der Klavierkomponist im Winter 1838/1839 einen Teil seiner 24 Préludes komponierte, ist verständlich. Allerdings handelt es sich bei dieser um die Mittelmeerinsel Mallorca. Auf der Karte wird der Atlantik erwähnt. Die Karte ist somit nicht von Scharrenbach.

Das Orchester probte während des Diebstahls den ersten Teil des „Deutschen Requiems" und den ersten Satz der Orchesterserenade Nr. 2 von Brahms – Passagen, in denen der Komponist komplett auf Violinen im Orchester verzichtet hat. Das hat Susanne Kruse mit kluger Probenzeitnutzung gemeint, denn so brauchten die Geigerinnen und Geiger gar nicht zu erscheinen. Timo Groß war nicht bei der Probe und kann die Tat verübt haben.

Bei den „Quattro pezzi Sacri" von Giuseppe Verdi, wie die Stücke korrekt heißen, handelt es sich tatsächlich um Annäherungen an die altmeisterliche Technik des Kontrapunkts. Das erste Stück basiert auf einer experimentellen „Scala Enigmata" – einer tonal nicht eindeutig festlegbaren Tonleiter, die ein Musikprofessor 1888 in einer italienischen Musikzeitschrift veröffentlichte. Indem Schlömer von „reinem C-Dur" spricht, beweist er, dass er das Stück gar nicht kennt.

Die Passwörter benennen jeweils vier Instrumente aus den Gruppen der Holzbläser, Blechbläser, Streicher, Zupf- und Perkussionsinstrumente, außerdem die Stimmlagen Alt, Tenor und Bass. Demnach fehlt die Bezeichnung der noch fehlenden Stimmlage Sopran.

Oliver Buslau

geboren 1962 und im Rheinland zu Hause, ist studierter Musikwissenschaftler und schreibt seit über zwanzig Jahren neben musikalischen Fachbeiträgen und Büchern Kriminalromane und Krimikurzgeschichten. Die Fälle des Doktor Stradivari begeistern seit Jahren die Leserinnen und Leser der Klassik-Zeitschrift „Rondo" und sind im St. Benno Verlag schon in mehreren Bänden in Buchform erschienen. Darüber hinaus erschien hier auch der musikalische Kriminalroman „Die fünfte Passion", der die Zahlenmystik im Werk von Bach zum Thema hat. Buslaus 2020 erschienener historischer Beethoven-Krimi „Feuer im Elysium" wurde für den renommierten Glauser-Krimipreis nominiert.

Weitere Informationen zum Autor und seinen Werken finden Sie unter www.oliverbuslau.de.

AUTOR